El rey Lear

T0015163

Clásica
Teatro

WILLIAM SHAKESPEARE

EL REY LEAR

Traducción y edición de Ángel-Luis Pujante

AUSTRAL

ESPASA

Obra editada en colaboración con Editorial Planeta – España

Título original: *The Tragedic of King Lear*

William Shakespeare

© 1992, 2007, Edición y traducción: Ángel-Luis Pujante

© 2013, Espasa Libros, S. L. U. – Barcelona, España

Derechos reservados

© 2022, Editorial Planeta Mexicana, S.A. de C.V.
Bajo el sello editorial AUSTRAL M.R.
Avenida Presidente Masarik núm. 111,
Piso 2, Polanco V Sección, Miguel Hidalgo
C.P. 11560, Ciudad de México
www.planetadelibros.com.mx

Diseño de la colección: Compañía

Primera edición impresa en España: 15-IV-1992
Primera edición impresa en España en esta presentación: mayo de 2013
ISBN: 978-84-670-2842-3

Primera edición impresa en México en Austral: enero de 2022
ISBN: 978-607-07-8217-6

Impreso en los talleres de Impresora Tauro, S.A. de C.V.
Av. Año de Juárez 343, Col. Granjas San Antonio,
Iztapalapa, C.P. 09070, Ciudad de México
Impreso y hecho en México / *Printed in Mexico*

Biografía

William Shakespeare (Strafford-upon-Avon, Inglaterra, 1564-1616) fue un dramaturgo y poeta inglés, considerado uno de los más grandes escritores de todos los tiempos. Hijo de un comerciante de lanas, se casó muy joven con una mujer mayor que él, Anne Hathaway. Se trasladó a Londres, donde adquirió fama y popularidad por su trabajo; primero bajo la protección del conde de Southampton, y más adelante en la compañía de teatro de la que él mismo fue copropietario, Lord Chamberlain's Men, que más tarde se llamó King's Men, cuando Jacobo I la tomó bajo su mecenazgo. Su obra es un compendio de los sentimientos, el dolor y las ambiciones del alma humana, donde destacan la fantasía y el sentido poético de sus comedias, y el detalle realista y el tratamiento de los personajes en sus grandes tragedias. De entre sus títulos destacan *Hamlet*, *Romeo y Julieta*, *Otelo*, *El rey Lear*, *El sueño de una noche de verano*, *Antonio y Cleopatra*, *Julio César* y *La tempestad*. Shakespeare ocupa una posición única, pues sus obras siguen siendo leídas e interpretadas en todo el mundo.

ÍNDICE

INTRODUCCIÓN

I

EL REY LEAR tiene por base un cuento popular: érase una vez un rey que tenía tres hijas... La literatura infantil, heredera de una antiquísima tradición narrativa, recoge cuentos del tipo del rey Lear. Uno de los más conocidos refiere la historia de un rey que quiso saber cuánto le querían sus tres hijas. Las dos mayores le respondieron con falsos halagos, pero la menor le dijo que le quería como la carne a la sal. Esta respuesta provocó la ira del rey, que la mandó matar. La hija se salvó y, después de algún tiempo, se encontró con su padre, que reconoció su error, le pidió perdón y comprendió la enigmática respuesta de su hija[1].

En sus líneas esenciales, el cuento aparece incorporado a la historia antigua de Inglaterra desde la *Historia Regum Britanniæ,* de Geoffrey de Monmouth (siglo XII). Después, las crónicas de Holinshed (siglo XVI), bien conocidas por Shakespeare, cuentan que en la antigua Britania hubo un gobernante llamado Leir, fundador de la ciudad de Leicester y coetáneo de Joás, rey de Judá (siglo VIII a. C.). Cuando Leir llegó a la vejez, decidió conocer el afecto que le profesaban sus tres hijas y

---

[1]   Esta versión de la historia se encuentra en *Antología de la literatura infantil española,* vol. 3, de Carmen Bravo-Villasante, Madrid, 1970, págs. 135-137, con el título de «Como la carne quiere a la sal».

designar sucesora del reino a la que más le quisiera. Para su satisfacción, las dos primeras, Gonorilla y Regan, le respondieron con halagos hiperbólicos, pero Cordeilla, la menor, vino a decirle que le quería como padre y nada más. Leir, disgustado, la desheredó y repartió su reino entre las otras dos hijas. Con el tiempo, estas demostraron ser crueles e ingratas y Leir comprendió que quien de veras le quería era la menor. Acudió, pues, a Cordeilla, quien, tras una guerra con sus hermanas y cuñados, le reinstaló en el trono.

Shakespeare no rehúye la improbabilidad del cuento. Tras un breve preámbulo, la tragedia se inicia y desencadena a partir de lo más inverosímil: el reparto del reino según el amor declarado por las hijas. Este comienzo, más legendario que histórico y tan aparentemente infantil como los cuentos populares, encierra, no obstante, un arquetipo, un valor simbólico y una verdad esencial de que carecen las historias reales o realistas. Además, y a pesar de las inevitables referencias contemporáneas de la obra, las alusiones cristianas y la tendencia de Shakespeare a combinar épocas distintas, el comienzo marca ese carácter remoto y primitivo que distingue a EL REY LEAR.

Y, sin embargo, asombra la manera como en EL REY LEAR la sencillez del cuento y la leyenda va cediendo a una organización cada vez más compleja, en la que lo universal se mezcla con lo particular, lo emblemático con lo realista y lo espiritual con lo puramente físico. Ampliando la trama, destacando los conflictos entre los personajes e infundiendo a la historia una visión sumamente personal, Shakespeare presenta una experiencia extrema de dolor, locura y destrucción expresada crudamente y sin reservas. Una experiencia dramática que explora el sentido de la naturaleza humana, la sociedad y la vida, y que hace de EL REY LEAR la tragedia tal vez más inmensa y ambiciosa de Shakespeare y de todo el teatro universal.

II

En 1603 el gentilhombre Bryan Annesley fue considerado demente e incapaz de administrar su patrimonio. Dos de sus hijas procuraron que se le incapacitase civilmente con el fin de apropiarse de sus bienes, pero la menor, llamada curiosamente Cordell, logró impedirlo. El caso fue muy conocido en la Inglaterra de la época y algunos estudiosos de Shakespeare se han preguntado si pudo influir en la composición de EL REY LEAR, escrita seguramente en 1605. Es posible que fuese un estímulo y es probable que le diera a Shakespeare la idea de la locura de Lear, ausente en todas las historias del legendario rey.

De todas ellas, la que más parece haber estimulado a Shakespeare es la obra *The True Chronicle Historie of King Leir (Crónica verdadera del rey Leir),* de autor desconocido, representada en 1594, escrita seguramente años antes e impresa en 1605. Tolstoy la prefería a la tragedia de Shakespeare, que a su juicio era bastante mediocre, llena de situaciones impensables en la vida real[2] y, en todo caso, una mala adaptación de la pieza anterior. Dejando aparte la curiosa opinión de Tolstoy, importa aclarar desde el principio que EL REY LEAR es todo menos una «adaptación». El anónimo *Rey Leir* concluye con la reinstalación del rey en el trono y la reconciliación con su hija menor. En Shakespeare también se reconcilian padre e hija, y al rey se le restituye la corona, pero Cordelia es asesinada tras la reconciliación y el rey muere con la hija muerta en sus brazos sin enterarse de la restitución. Como ha mostrado Perkinson[3], la decisión de Shakespeare de escribir una tragedia en vez de una crónica histórica con final feliz tiene consecuencias decisivas. Además, desde el principio hay marcadas

---

[2] Irónicamente, Tolstoy se encontró en una situación semejante a la del rey Lear: siendo anciano, los conflictos familiares le llevaron a abandonar su residencia de Yasnaia Poliana para acabar muriendo en una lejana estación.

[3] Para esta y otras referencias véase la Bibliografía selecta, págs. 35-38.

diferencias entre EL REY LEAR y la pieza anterior. En esta, Leir, padre de hijas solteras y sin un hijo varón que le suceda, concibe un plan para forzar el matrimonio de Cordella; las otras dos hijas, Gonorill y Ragan, conociendo el propósito del padre, prometen casarse con quien este decida; el reino es repartido entre estas dos, pero el rey no destierra a Cordella. El noble Perillus (Kent en Shakespeare) media para que Cordella no pierda su parte, pero, a diferencia de Kent, continúa en la corte sin ser desterrado.

Shakespeare no se extiende en los motivos del rey (todo lo contrario) y comprime en la primera escena y el resto del primer acto lo que en la pieza anónima ocupa una gran parte de la acción. De este modo puede imprimir desde el principio un carácter trágico a su obra, concentrarse en las consecuencias del error del rey e ir preparando el terreno para el fatal desenlace. Shakespeare acentúa el sufrimiento espiritual y físico de Lear: las ofensas y crueldades de sus hijas, su exposición a la tormenta, la locura resultante y, por supuesto, su dolor por la muerte de Cordelia. Todo esto es nuevo y, por lo demás, los detalles de la obra anterior que Shakespeare incorpora a su tragedia cobran otro significado. El caso más notable es el de la tormenta: de mera señal de la inminente justicia divina se convierte en Shakespeare en un gran cuadro de caos y maldad.

La visión trágica que Shakespeare infunde a su obra se enriquece e intensifica con la incorporación de la historia de Gloster y sus dos hijos, que es sin duda la novedad más notable respecto al anterior *Rey Leir*. De hecho, EL REY LEAR es la única tragedia de Shakespeare con una segunda trama de semejante importancia. La acción incorporada procede de un episodio de la *Arcadia* (1590), del poeta Sir Philip Sidney, en el que se cuenta la historia del rey de Paflagonia, padre de dos hijos, uno legítimo y el otro, bastardo. Este consigue desposeer a su padre, lo que hace que el rey llegue a ser maltratado hasta el punto de perder los ojos. Expulsado de sus propios territorios, se le indispone falsamente con su hijo legítimo, quien acaba encontrando a su padre y le salva de la desesperación. Como la de Lear, es una historia de ingratitud y reconciliación, y más próxima a la concepción de Shakespeare que el anterior *Rey Leir*.

Sin embargo, su incorporación no se limita a reforzar la universalidad de la tragedia de Lear mostrando el paralelismo entre ambas historias. En Shakespeare las dos acciones están íntimamente unidas y no hay que esperar al célebre encuentro entre Lear y Gloster en IV.v para observar la unión. Los dos hijos de Gloster tienen un papel importante en la tragedia. Edgar desencadena la locura de Lear y denuncia a Goneril. Edmond llega a ser el amante de las dos hermanas malvadas y el asesino de Cordelia. Todo esto, junto con el sufrimiento de Gloster y la maldad de Edmond, la presencia del bufón con sus comentarios, el papel del pobre Tom y la sensualidad de Goneril y Regan, son novedades aportadas por Shakespeare. Añadamos el uso de ideas-clave que recorren la obra, como la naturaleza, la desnudez o la ceguera, y veremos que lo que Shakespeare ha hecho ha sido rechazar una tras otra las versiones anteriores de la historia y construir la suya propia.

III

Como tragedia de tragedias, EL REY LEAR ha parecido a veces excesiva. El siglo XVIII, aunque admitía su grandeza, rechazaba su trágico final: en la versión de Nahum Tate, publicada en 1681 y presente en la escena inglesa hasta 1838 en vez del original de Shakespeare, Cordelia no muere y se casa con Edgar. En el siglo XIX se llegó a una curiosa paradoja: EL REY LEAR es tan grande que no cabe en el teatro; o, dicho con otras palabras, es la obra más grande de Shakespeare *porque es irrepresentable*. En nuestro siglo se ha hecho ver que su grandeza no sólo no impide la representación, sino que más bien exige el teatro para desplegarse. Además, es en nuestros días cuando se ha mostrado que, al menos en su texto de 1623, EL REY LEAR es una pieza dramática eficaz, más viva y tensa de lo que nos ha hecho creer la extensa versión combinada de los dos textos originales[4].

Ni que decir tiene que EL REY LEAR carece de la intriga que mueve la acción de obras como *Otelo* o *Hamlet*. Emrys Jones observa que no hay a la vista un fin último como el descubrimiento de la calumnia contra Desdémona o el enfrentamiento entre Hamlet y Claudio: la reconciliación entre Lear y Cordelia sucede en el acto cuarto y a partir de ahí la acción lleva a un final que para unos es inesperado, para otros problemático y para otros, ambas cosas. A no ser, claro está, que el fin último sea la muerte misma y la destrucción del orden «natural», de la que el propio Lear sería el primer causante.

Sin embargo, no es del todo exacto que la acción sea tan fragmentaria o episódica como a veces se dice. Es cierto que a partir del tercer acto Lear es más paciente que agente y que no faltan en la obra situaciones relativamente estáticas: las escenas con el bufón, la de la tormenta y la del encuentro entre Lear y Gloster. Pero estas también tienen su función dramática y no deben despacharse como «defectos estructurales». Además, en EL REY LEAR también hay un número de escenas que crean tensión siguiendo un esquema dramático de causa-efecto. Recordemos dos casos: en I.iii Goneril induce a Oswald para que provoque a Lear, lo que sucede en la escena siguiente; la provocación lleva a su vez al choque entre padre e hija, lo que causa la marcha de Lear para reunirse con su segunda hija; el encuentro con Regan (secundada por Goneril) en II.iv es aún más dramático y violento que el anterior y empuja a Lear a la tormenta. En III.iii Gloster informa a su hijo

---

[4]   La obra se publicó por primera vez en 1608, en una edición en cuarto, y después en 1623, en el infolio de las obras de Shakespeare. Hay notables diferencias entre ambas ediciones y cada una contiene texto que no aparece en la otra. Las ediciones modernas han venido consistiendo en una combinación de ambos textos, con lo que resulta una tercera versión más larga que cualquiera de las dos primeras. Mi traducción se atiene fundamentalmente al texto del infolio y no a la habitual versión combinada. Véase «El problema textual» en la Nota preliminar, págs. 39-42 de esta edición.

Edmond de la carta sobre el desembarco francés; en III.v Edmond le denuncia al Duque de Cornwall, quien en III.vii le detiene y castiga sacándole los ojos y echándole de su propia casa. En suma, aunque la estructura de EL REY LEAR no se atenga al principio de tensión dramática característico de obras como *Otelo,* tampoco es tan deshilvanada o episódica como a veces se dice, y menos en su versión del infolio, que es la que aquí se ofrece.

IV

La acción de EL REY LEAR se inicia con rapidez en las escenas introductorias: la de la división del reino y el conflicto de Lear con Cordelia (I.i) y la de la intriga de Edmond contra su hermano (I.ii). En ambas hay un breve pero significativo preámbulo. En la primera, Gloster presenta su hijo Edmond al Conde de Kent y habla de él en su presencia con curioso desparpajo. En tanto que bastardo, Edmond es para su padre un motivo de sonrojo: vino al mundo «por la vía del vicio sin que nadie lo llamase», si bien «su madre era hermosa» y «gozamos al engendrarlo». Gloster dice que «el bastardo debe ser reconocido», pero después añade que «lleva fuera nueve años y se marcha otra vez». Si aceptamos la tesis de Stanley Cavell, en estas primeras líneas se introduce el motivo de la vergüenza, que a su juicio es una de las claves de la obra: la vergüenza de Gloster por el hijo ilegítimo, la de Lear al verse «descubierto» por Cordelia, la de Cornwall al ver que a Gloster aún le queda un ojo para verle malherido y humillado.

Según el comienzo de este diálogo, la inminente división del reino es pública y notoria, al menos en la corte. Por lo tanto, el «propósito secreto» que el rey pasa a revelar no sería la intención de dividir su reino, sino más bien el procedimiento elegido para repartirlo: la prueba de amor filial a la que somete a sus hijas. La somera exposición de motivos y la rapidez con que se suceden los hechos en esta primera escena contrastan con la premiosidad del rey Leir en la pieza anterior. Como sugiere Muir, Shakespeare debió de pensar que la improbabilidad de este inicio sería dramáticamente más creíble que la estúpida astucia de Leir.

La tragedia de Lear empieza en el momento en que Cordelia, su hija preferida, no responde a lo previsto. Pero su plan estaba expuesto al fracaso. El rey es monarca absoluto, pero también ser humano y, más concretamente, padre. La doble condición pública y privada de los personajes regios es tema constante en la obra de Shakespeare, y en EL REY LEAR la ambivalencia es decisiva: Lear irá perdiendo todos los atributos reales hasta quedar como mísero ser humano y padecer como tal para entender lo que ello significa. Pero el Lear de la primera escena confunde la paternidad con la realeza. Su plan funciona con las dos hijas hipócritas, más herederas que hijas, pero tropieza con la integridad de Cordelia. Evidentemente, la hija menor rechaza la adulación de sus dos hermanas y sabe lo que se esconde detrás de su elocuencia, como les dirá al final de la escena («Sé bien lo que sois, aunque, / como hermana, no puedo llamar a vuestras faltas / por su nombre»). Sin embargo, durante la prueba, la reacción de Cordelia ante la elocuente declaración de sus hermanas no se expresa en el reproche o el insulto, como en el *Leir* anterior a Shakespeare, sino en su propio desconcierto al verse incapaz de responder como ellas.

Cordelia, que «amará en silencio», confía en que «sin duda mi cariño / pesará más que mi lengua». Por eso no dice «nada» cuando le llega su turno. No es sólo que no quiera adular a su padre como lo hacen sus hermanas; es que *no puede*. Cordelia ve que la adulación expresada es la ocultación de una mentira. De ahí su dilema: hablar sería adular para expresar un amor inexistente; como el suyo es auténtico, no puede adular y, por tanto, no puede hablar. Hacer lo primero la enfrentaría consigo misma; hacer lo segundo la enfrenta a su padre el rey. Lear, que no ha visto el desamor tras la elocuencia, tampoco ve el amor en el silencio, y menos aún en los intentos de explicarse a que fuerza a su hija. Amar a Lear según su obligación filial «ni más ni menos» es mucho, como luego demostrará Cordelia, aunque para su padre ahora sea incomprensible. Sencillamente, el rey *no ve* y por eso Kent le pide que mire bien y que le deje ser la guía de sus ojos.

La decisión del rey de dividir el reino se ha comentado de modo diverso. Lear pretende abdicar en razón de su vejez y «para evitar futuras disensiones». Tanto el motivo como la finalidad parecen demostrar prudencia política y sentido de la responsabilidad, y algunos críticos destacan estos rasgos. Otros, en cambio, arguyen que Shakespeare quería mostrar el riesgo a que se exponía el rey con semejante decisión y traen a colación escritos de la época y palabras del propio rey Jacobo I en que se insiste en la unión de Inglaterra y Escocia y se advierte contra el peligro de una ruptura nacional. Otros van más lejos y tratan de demostrar con el texto en la mano que la decisión es irracional y disparatada. Pero el texto no sugiere esto exactamente. Al comienzo de la escena, ni Gloster ni Kent hacen ningún comentario adverso sobre el propósito del rey y, cuando Kent se enfrenta a Lear, no le reprocha la intención de dividir el reino. Si le pide que conserve su poder y revoque su decisión, lo hace *después* de presenciar la ceguera del rey con sus hijas y su injusticia con Cordelia. Además, teniendo en cuenta el momento en que interviene Kent, es muy probable que su intervención también se deba a lo que parecen ser decisiones inesperadas de Lear: la de residir con sus hijas mayores por turno mensual al no poder confiarse a los «tiernos cuidados» de Cordelia, como tenía previsto, y la de retener «los honores de un monarca» sin ejercer el poder, lo que equivale a una abdicación sin abdicar y entraña, como la acción demostrará, una peligrosa ambivalencia.

El error de Lear, su ira y su arbitrariedad con Cordelia y Kent nos predisponen contra él en esta primera escena. Sin embargo, Shakespeare reorientará gradualmente nuestra respuesta. Por lo pronto, el diálogo de Goneril y Regan al final de esta escena demuestra claramente su naturaleza y sus intenciones, y nos deja a la expectativa de los peligros que amenazan a Lear y que le convertirán de victimario en víctima. Después, el que Kent, Gloster y Cordelia le ayuden y se sacrifiquen por él nos muestra que, pese al desastre causado, Lear no está en el lado del mal y merece ser socorrido. Una de las ironías de la obra es que los dos personajes más perjudicados por Lear sean sus más fieles defensores.

V

En el preámbulo de la primera escena Shakespeare nos presenta someramente el caso de Edmond, a quien muestra como discreto y cumplido cortesano. Al comienzo de la segunda escena Edmond aparece como un personaje bastante más inquietante: resentido, ambicioso y lleno de energía y recursos, es el joven arribista que aprovecha situaciones para crear otras nuevas que conduzcan al éxito, y ahora le favorecen las circunstancias surgidas del error de Lear. En las primeras palabras de su monólogo, el hijo natural se consagra a la Naturaleza. Pero, pese a la invocación cuasirreligiosa, la diosa de Edmond no es un ente sobrenatural, sino una fuerza ciega y amoral que propicia la supervivencia del más apto. Esta noción es muy distinta de la que impulsa la maldición de Lear contra Goneril en I.iv («¡Óyeme, Naturaleza! ¡Escucha, diosa amada!...»).

Según John F. Danby, en la época de Shakespeare coexistían dos sentidos opuestos de «naturaleza» que aparecen dramatizados en EL REY LEAR. Por un lado, el ortodoxo y tradicional de la naturaleza benigna, un orden estático al que hay que adaptarse y que impregna conceptos como razón, uso, costumbre, ley o relaciones paternofiliales. Es el que invoca Lear y el que defienden o representan Kent, Gloster, Edgar, Albany y Cordelia. Por otro lado está la naturaleza maligna, de carácter dinámico, desprovista de inteligencia, indiferente a la razón y carente de leyes, usos y relaciones, salvo las materiales de causa-efecto. Es la visión de Edmond, Cornwall, Goneril y Regan. Al optar por este segundo sentido, Edmond decide un modo de obrar y lo pone en práctica. Al igual que Lear, Gloster tampoco *ve* y cae en la trampa. Su credulidad aparece relacionada con su talante supersticioso, del que Edmond se burla, pero al mismo tiempo el comentario de Gloster prevé el caos que se avecina y la quiebra de la naturaleza en su sentido benigno, y deja bien clara la responsabilidad del rey al decir que ha traicionado un instinto natural. La presteza con que se desarrolla la intriga de Edmond contra Edgar recuerda la rapidez de los acontecimientos en la primera escena. Como en ella, a Shakespeare parece interesarle menos la verosimilitud que la eficacia dramática.

Sin embargo, Gloster tarda más en ver la verdadera naturaleza de Edmond que Lear la de sus dos hijas mayores. El diálogo entre Goneril y Regan al final de la primera escena no deja lugar a dudas: al menos Goneril, con quien su padre va a residir un mes, ya se ha puesto en guardia contra él e incita a su hermana a actuar de consuno. Aunque su actitud no se muestre abiertamente hasta más tarde, en su primer diálogo ya asoma lo que va a ser el recurso habitual de las hermanas: la adopción de una postura «sensata» frente a las supuestas insensateces de su padre. Importa destacar esta tendencia para contrarrestar la de algunos críticos o directores de escena contemporáneos que adoptan el punto de vista de las hermanas y presentan un Lear aún más negativo que en Shakespeare. Por citar sólo un ejemplo: en la célebre producción de Peter Brook, los hombres de Lear parecían la escolta de Atila y su salida del palacio de Goneril estaba precedida de un inmenso estropicio.

En el breve diálogo con su mayordomo en I.iii, Goneril tiene motivos de queja contra su padre: al parecer, Lear ha pegado a su gentilhombre por reprender al bufón, la ofende continuamente, provoca enfrentamientos y sus caballeros alborotan. En consecuencia, se niega a verle cuando este vuelva de cazar. Ahora bien, si sólo se tratase de no verle para evitar conflictos innecesarios, podríamos pensar que Goneril es verdaderamente sensata y que Shakespeare, como en muchas de sus obras, está ofreciendo imparcialmente los dos lados del conflicto. Sin embargo, la actitud de Goneril es activa y beligerante: ordena al mayordomo y a los criados que sean menos serviciales con su padre y que traten a sus hombres con frialdad y le escribe a su hermana para que haga lo mismo: «Si no le gusta, que se vaya con mi hermana, / que sé bien que conmigo está de acuerdo». Goneril se alegrará de quitárselo de encima, y si su padre se va con Regan y esta piensa como su hermana mayor, también acabará deshaciéndose de él, dejándole expuesto a la tormenta e impidiendo que Gloster le preste ayuda, pues «al testarudo / el daño que se hace a sí mismo / debe servirle de lección».

La afectada sensatez de Goneril y Regan las hace tanto más odiosas cuanto que resulta un pretexto para perjudicar a su padre o justificarse ante sus padecimientos. A diferencia de otros personajes malvados de Shakespeare, incluyendo al propio Edmond, ninguna de las dos hermanas muestra un solo rasgo que las haga atractivas o interesantes. Su actuación siempre encierra un daño ajeno o, al menos, un engaño o una trampa, y el texto no confirma sus quejas contra Lear ni su escolta. En efecto, no vemos que los caballeros sean tan insolentes, ni que discutan o riñan, ni que provoquen «alborotos groseros e insufribles», ni que el honorable palacio de Goneril parezca una taberna, un prostíbulo o un «hostal de mala vida». Más bien lo contrario. Cuando Oswald desaira a Lear y explica a un caballero que lo ha hecho a propósito, este le comenta al rey:

> Señor, no sé lo que pasa, pero me parece que Vuestra Majestad no recibe el afecto y ceremonia acostumbrados. Se observa que ha decaído la cordialidad, tanto entre la servidumbre como en el propio duque y vuestra hija.

Y Lear observa:

> Últimamente he notado una fría dejadez, pero la he achacado más bien a mi celosa suspicacia que a un propósito consciente de ser descortés.

Como puede verse, Shakespeare opone un punto de vista al otro y contradice la versión interesada de Goneril. En cuanto al número de miembros de la escolta de Lear, Farley-Hills ha mostrado que, según los usos isabelinos, un séquito de cien caballeros para Lear podía considerarse aún menor de lo habitual en una época de monarquía absoluta, en que la escolta de un noble solía ser mayor. Lo sorprendente sería más bien la actitud de las hijas quejándose del número y no digamos reduciéndolo sucesivamente a cincuenta, veinticinco, diez, cinco, uno y ninguno.

Esta perspectiva histórica permite entender mejor los motivos de Kent, cuya actuación en esta fase de la obra suele parecer excesiva. Pero el primer exceso lo comete Oswald con el rey en presencia de sus hombres, que es lo que motiva la intervención de su fiel seguidor. Y, si parece desmedido su segundo ataque a Oswald ante el palacio de Gloster, no olvidemos que esta vez tiene aún más motivo: el mayordomo de Goneril acude allí «con una carta contra el rey», poniéndose «de parte de doña Vanidad y contra su regio padre», y da una versión falsa de su incidente con Lear, lo que vuelve a provocar a Kent. Otra cosa es que este sea imprudente, pero el castigo del cepo al que Cornwall le somete también es excesivo, como Gloster intenta hacer ver al duque: «el rey se ofenderá si se ve menospreciado / en su propio mensajero».

Mostrar el lado histórico no significa aprobar los usos de una era autocrática. Desde luego, se puede prescindir de esta perspectiva y concentrarse en lo mucho que la obra le dice a nuestra época. A condición, claro está, de no tergiversar el texto.

VI

El conflicto entre Lear y sus dos hijas mayores es mostrado abiertamente, pero es el bufón quien lo explica y comenta. Este recurso de Shakespeare no es nuevo: en su comedia

Como gustéis, el bufón es quien señala, con su estilo peculiar, las realidades que se ocultan tras las ilusiones de algunos personajes. Como ya decía Erasmo en su *Elogio de la locura,* las palabras que podrían costar la vida al sabio pueden incluso agradar en boca de un bobo o un bufón. Pero EL REY LEAR es una tragedia y su bufón es amargo. En cuanto entra en escena, llama implícitamente bobo a Kent «por estar de la parte del que pierde»[5] y no cesa de recordarle a Lear su error: ha convertido a sus hijas en sus madres y ahora es «un cero pelado». Como él mismo dice, al menos él es un bufón, pero Lear no es nada.

El enfrentamiento de Lear con Goneril inicia una crisis de identidad que cobrará proporciones universales en la escena de la tormenta. A la pregunta de Lear «¿Hay alguien que pueda decirme quién soy?», el bufón contesta implacable: «La sombra de Lear». En I.v, cuando el rey se dispone a irse con su segunda hija, el bufón le adelanta que esta «sabrá igual» que Goneril, «como un pero y otro pero». Es ahora cuando, antes de probar por sí mismo la verdad del bufón, Lear reconoce por primera vez haber sido injusto con Cordelia. Es también en esta escena cuando Lear teme volverse loco y pide a los cielos que le conserven la razón.

Desde finales del siglo XIX se ha venido apuntando la posibilidad de que los papeles de Cordelia y el bufón los representase el mismo actor[6]: el bufón no está presente ni es mencionado en la primera escena, y después desaparece en el tercer acto y ya nadie se acuerda de él. De hecho, ni el bufón ni Cordelia aparecen juntos en la obra. Si el bufón, como a veces se dice, es la locura inminente de Lear, se explica que desapa-

---

[5]   En la primera edición, de 1608, el bufón también llama bobo a Lear. El pasaje se suprimió en el infolio de 1623. Esta y las demás supresiones aparecen traducidas en el Apéndice (véase «Texto exclusivo de Q», págs. 183-197).

[6]   En el teatro inglés de la época de Shakespeare no había actrices, y los papeles femeninos eran representados por actores adolescentes que aún no habían mudado la voz.

rezca cuando el rey se ha vuelto loco. Pero, mientras tanto, el bufón es algo más: no sólo podría sustituir a Cordelia por ser el mismo actor, sino que la reemplaza como conciencia de Lear, en el doble sentido intelectual y moral de la palabra. No es de extrañar que, cuando en I.iv uno de los caballeros le dice a Lear que el bufón está muy apenado desde que Cordelia marchó a Francia, el rey admita haberlo notado y desvíe la conversación.

VII

A partir de la escena de la tormenta (III.ii), la presencia de la naturaleza es dominante. No es sólo que en EL REY LEAR no haya ciudad o población, sino que, a diferencia de Elsenor en *Hamlet,* los palacios en que transcurren algunas escenas no sugieren ningún tipo de vida civilizada. En algunas representaciones se ha destacado el ambiente primitivo: en la producción televisiva de Granada TV con Laurence Olivier (1983), la acción de los palacios discurría en poblados celtas, e incluso la primera escena semejaba una especie de ceremonia religiosa en un monumento megalítico muy parecido a Stonehenge. Este tipo de localización escénica tal vez sea algo literal, pero resalta la estrecha proximidad a la naturaleza que directa o indirectamente se indica desde el comienzo de la obra. En esta sociedad precristiana Lear jura por «el sacro resplandor del sol», «los ritos de Hécate y la noche» y «toda la influencia de los astros» e invoca a Apolo y a los dioses, y Gloster teme los efectos de los eclipses de sol y de luna. En su conflicto con Goneril, Lear pide que caigan sobre ella rayos y tormentas, y apela a la diosa Naturaleza para que deje yerma a su hija. Después, en presencia de Regan y Cornwall, Lear invoca el poder destructor de relámpagos y miasmas. Y así hasta llegar a la tormenta, a la naturaleza desatada a la que Lear sigue apelando para que destruya y aniquile, pero cuyos elementos son ahora «aliados serviles» del mal encarnado en sus dos «hijas perversas». En consecuencia, Lear se ve como «un pobre anciano, mísero, débil, despreciado», despojado de los honores de un rey y reducido a simple ser humano.

Sin embargo, en esta exposición a la ciega naturaleza, lo que más «siente» Lear es la tormenta de su mente y «lo que brama dentro, / la ingratitud filial». Aún no reconoce su responsabilidad («Víctima soy del pecado más que pecador»), pero, por primera vez, se muestra sensible a la injusticia social, a la «pobreza sin techo»:

> Pobres míseros desnudos, dondequiera que estéis,
> expuestos al azote de esta cruel tormenta,
> ¿cómo os protegerá de un tiempo como este
> vuestra cabeza descubierta, vuestro cuerpo
> sin carnes, los harapos llenos de agujeros?
> ¡Ah, qué poco me han preocupado!

Es precisamente ahora cuando aparece Edgar representando al pobre Tom, el mendigo lunático desnudo y sin techo, cuya presencia impulsa la humanización de Lear y el reconocimiento de su error, aunque sea a través de la locura. Pero en II.i Shakespeare ya nos había preparado para su brusca aparición. Huyendo de la persecución y dispuesto a enfrentarse con los elementos, Edgar prefigura el propio destino de Lear. Sus palabras ya evocan la naturaleza antes de la tormenta, singularmente por su alusión al hombre reducido «casi a bestia». El posterior encuentro de Lear con Edgar en su papel del pobre Tom suscita la virtualidad animal de la condición humana, pero antes de llegar a él Shakespeare ha preparado el terreno mediante referencias a animales salvajes: tener un hijo ingrato «duele más / que un colmillo de serpiente», y Lear confía en que Regan le desollará a Goneril su «cara de loba». Kent también se expresa con referencias semejantes en su disputa con Oswald, pero es Lear quien las repite antes de dar la espalda a sus hijas: Goneril es como un buitre o una serpiente y, antes que volver con ella, Lear vivirá «con lobos y con búhos». Además, más allá de alusiones e imágenes que crean un determinado ambiente y que recorren toda la obra, Lear relaciona al hombre con la bestia en su diálogo de sordos con sus hijas:

> ¡No discutáis lo necesario! Hasta el más pobre
> posee algo superfluo. Si no dais a la naturaleza
> más de lo necesario, la vida humana vale
> menos que la de la bestia.

Cuando se encuentre en la tormenta con el pobre Tom, Lear verá por sí mismo que el mendigo más pobre no posee nada superfluo. En la tormenta de su mente se asocian ahora la desnudez, la animalidad y la supuesta pureza humana, y por eso pretende asemejarse a Tom despojándose de su ropa «prestada»:

> Ah, aquí estamos tres adulterados; tú eres el ser puro. El
> hombre desguarnecido no es más que un pobre animal des-
> nudo y de dos patas como tú. ¡Fuera, fuera con lo prestado!
> Vamos, desabrochadme.

La experiencia de Lear con sus hijas ha quebrantado su noción de la naturaleza como concepto de orden y sistema de creencias fundamentales. Su encuentro con Tom acaba por confundirle y le impulsa a ser una criatura más de la naturaleza salvaje. Todo este caos exterior e interior que Shakespeare hace coincidir a partir de la escena de la tormenta revela una visión tan poética como dramática y justifica el que se haya llamado a EL REY LEAR «la más grande obra antipastoril» de toda la literatura.

VIII

Lear en el páramo bajo la tormenta, su encuentro con el pobre Tom, el encuentro de Lear loco con Gloster ciego, Lear llevando en brazos a Cordelia muerta... La concepción poética de Shakespeare se expresa no sólo verbalmente, sino también en imágenes visualizables. La primera y la última corresponden, respectivamente, al primero y segundo clímax de la obra. El anciano enfrentado a los elementos con la sola ayuda de su ira y su paciencia es el primer momento culminante en la tragedia de Lear. El segundo, su muerte, precedida del dolor y la más absoluta impotencia: su deseo de hacer estallar la bóveda celeste y el grito de protesta de quien se niega a aceptar lo inevitable.

Podríamos añadir el cuadro de personajes que se forma en las escenas de la tormenta: Kent, bobo por servir a un perdedor; el bufón, bobo sabio; Tom, el mendigo lunático; y Lear, el incipiente loco lúcido. Una nave de locos que no navega. Sin embargo, es en este encuentro cuando, provocada por la visión de Tom, se altera la conducta de Lear.

Antes de que Tom aparezca, Lear habla de su tormenta interior, ocasionada por la ingratitud de sus hijas, pero es consciente de que puede obsesionarle y llevarle a la locura. Entonces piensa en los pobres sin techo de los que apenas se había preocupado y alcanza un instante de serenidad. Sólo un instante, porque la aparición de Tom vuelve a perturbarle («¿Les has dado todo a tus hijas? / ¿A esto has llegado?»). Erróneamente, Lear ve a Tom como emblema de la humanidad pura, pero el verdadero Tom es algo distinto. No es un «loco» de Erasmo, sino un personaje nacido de supersticiones y persecuciones diabólicas. Lear, que había dejado de hacer preguntas, se ve ahora empujado a preguntarle filosóficamente a Tom por los orígenes de su actual experiencia («¿Cuál es la causa del trueno?»): la experiencia de «sentir», tan dominante en la obra, se orienta ahora al conocimiento, por irracional que este pueda ser. En III.vi, la mente de Lear busca la causa científica de la maldad y la ingratitud: «Ahora, que diseccionen a Regan, a ver qué le crece por el corazón. ¿Hay alguna causa natural para tener tan duro el corazón?».

El mal trato sufrido por Lear, su experiencia en la tormenta y en particular su encuentro con Tom le han causado la locura que tanto temía. Es una locura lúcida que le lleva a una visión desengañada de la sociedad y del ser humano y que, sin embargo, no excluye su obsesión con sus hijas. Como Gloster, cuya ceguera le permite ver lo que antes sus ojos no veían, Lear también ve ahora que «le adularon como perros zalameros»: «Me decían que yo lo era todo. Mentira: no soy inmune a las fiebres». Además, la falsedad de la corte se complementa con la corrupción de la vida pública:

> Ve cómo ese juez maldice a ese pobre ladrón. Un leve susurro, cambias los papeles y, china, china, ¿quién es el juez y quién el ladrón?

Y, en lo que parece ser un recuerdo del pobre Tom, Lear sentencia: «Los harapos dejan ver grandes vicios; / togas y pieles lo tapan todo. /... / Nadie infringe nada, nadie; yo respondo». Por lo tanto, tampoco el adulterio es delito ni pecado. Si el hombre es un animal desnudo de dos patas como el pobre Tom, ¿por qué se le condena por hacer lo que hace el animal? Sin embargo, en su mezcla de «razón e incoherencia», en su «juicio en la locura», Lear no puede evitar la náusea. Seguramente recordando a sus dos hijas, al exculpar y apoyar el sexo y concentrarlo en el cuerpo femenino, Lear asocia la sexualidad con el mal y la bestialidad.

Esta asociación es coherente en el contexto de la obra. A diferencia de las dos hijas malvadas de las anteriores versiones de la historia, en Shakespeare Goneril y Regan son tan perversas como lujuriosas, y es precisamente su lujuria lo que las lleva al enfrentamiento y a la muerte. Por otro lado, Shakespeare no deja que la locura de Lear se exprese meramente en una visión abstracta de la vida y la sociedad que sería más propia del teatro alegórico medieval. Como antes en el encuentro con Tom, Lear tampoco deja ahora de pensar en sus hijas: llama a Gloster «Goneril con barba blanca» y concibe la treta de herrar con fieltro un escuadrón de caballería para acercarse sigiloso a sus yernos, y entonces, «¡muerte, muerte, muerte, muerte,

muerte!». Tras la imagen universal de Lear loco consolando a Gloster ciego, vuelve el Lear terrible de los dos primeros actos, con sus odios concretos y sediento de venganza.

IX

A la dominante presencia de la naturaleza y la ausencia de «civilización» que se aprecia en la obra corresponde la poderosa vitalidad de Lear y su carencia del intelecto de un Hamlet o un Macbeth. Se ha observado que lo que Lear suele mostrar más bien es una mente infantil muy fuerte y voluntariosa. Aunque el declive de sus fuerzas se deja entrever desde el principio, al final se nos impone su capacidad elemental e incontenible para vivir y sentir. A su muerte, Kent expresa su asombro de que Lear haya resistido tanto, y los dos últimos versos de la obra confirman su extrema experiencia vital. Como dice Barbara Everett, las experiencias de Lear propenden a la totalidad: amor absoluto, verdad absoluta y, por lo mismo, tragedia absoluta.

Estos rasgos del personaje no desaparecen del todo en la última fase de la acción y vuelven a manifestarse poco antes de su muerte. Sin embargo, su reunión con Cordelia trae consigo no sólo la reconciliación, sino también un intervalo de calma y verdadera lucidez. Por primera vez en la obra Lear admite su error explícitamente ante su hija y se arrodilla humildemente ante ella:

> No te burles de mí, te lo ruego.
> Sólo soy un anciano que chochea,
> los ochenta ya pasados, ni un día menos,
> y, hablando con franqueza,
> me temo que no estoy en mi juicio.

Pero Lear está tanto en su juicio que reconoce perfectamente a Cordelia y asume la responsabilidad de su error:

> Si me guardas veneno, me lo beberé.
> Sé que no me quieres. Tus hermanas,
> ahora lo recuerdo, me han tratado mal.
> Tú tienes motivo; ellas, no.

La escena es memorable y dramáticamente eficaz por su propia brevedad y la sencillez de su lenguaje, tan distinto del que Lear ha venido usando, y cierra el ciclo de dolor y locura de las escenas anteriores. Además, el reconocimiento de su error corresponde al de Gloster ante su hijo disfrazado, con quien se reconcilia antes de morir. Por último, la breve escena entre Lear y Cordelia impulsa la acción hacia su desenlace: Cordelia está allí como reina de Francia con un ejército que va a enfrentarse al de sus hermanas.

Tras las crueldades de Edmond, Goneril y Regan y los padecimientos de Gloster y Lear, el cambio de tono que introduce esta escena crea unas expectativas de desagravio que, no obstante, se ven defraudadas. Es una cruel ironía que Lear alcance la felicidad en su reconciliación con Cordelia para perderla en seguida y acabar muriendo él mismo. Sin embargo, la frustración de expectativas es una constante en la propia estructura interna de la obra: Lear no espera la actitud de Cordelia en la primera escena, ni la de Regan al aliarse con Goneril; tampoco Gloster espera la supuesta traición de Edgar y, menos aún, la verdadera de Edmond. Esta operación se puede observar también en la aparición de Tom en la tormenta frustrando el sosiego de Lear o en el modo como Edgar defrauda el esperado suicidio de Gloster. Parece claro que la obra pretende confundir y perturbar, hasta el punto de que su fase final es una sucesión de tensiones entre la esperanza suscitada y el hecho inexorable.

Así, la derrota del ejército francés trae consigo la captura de Lear y Cordelia al comienzo de la última escena. La fantasía del anciano, que quisiera vivir en la cárcel con su hija «como pájaros en jaula», quita hierro a la dura realidad. Por debajo de la expresión poética está la nueva actitud de Lear, que se niega a ver a sus otras hijas, renunciando implícitamente a toda posibilidad de recobrar la dignidad real, y contempla su futuro en prisión como espectador de los altibajos del poder. Sin embargo, a su candorosa contemplación le sucede inmediatamente el encargo de Edmond a su capitán, que nos hace temer lo peor. A su vez, tras la salida de este se abre una nueva esperanza. Albany exige la entrada de los prisioneros y se enfrenta abiertamente a Edmond. Este choque es decisivo, porque resuelve la ambigüedad de Albany, que afectivamente estaba con Lear y Cordelia, pero que se veía obligado a combatir ante lo que de hecho era una invasión extranjera. Ahora Albany pasa a la ofensiva y, tras definir su postura ante Goneril y Regan, se muestra dispuesto a pelear en duelo con Edmond si nadie acude en su lugar.

Este enfrentamiento lleva a la resolución del conflicto que había venido suscitándose entre las dos hermanas y detiene la carrera de Edmond, que cae vencido por su hermano. La situación creada despierta un vivo interés dramático por sí misma. Además, el relato de Edgar, que informa de la muerte de su padre, ata el último cabo suelto en la historia de Gloster y sus hijos. El episodio es positivo y el lector o espectador lo agradece, pero su segunda función es la de distraer y hacernos olvidar a Lear y Cordelia. Además, todavía tendremos que esperar hasta estar seguros de su suerte: tras el relato de Edgar se inicia lo que seguramente es el desenlace más tenso de todo Shakespeare.

Primero irrumpe en escena un caballero *«con un cuchillo ensangrentado»* hablando entrecortadamente de una «muerta», y no respiramos hasta saber que se refiere a Goneril. A continuación, la entrada de Kent trae explícitamente al recuerdo la ausencia de Lear y Cordelia, pero la contemplación de los cadáveres de Goneril y Regan parece distraer a Albany. Irónicamente, tendrá que ser el propio Edmond quien finalmente incite al rescate. La patética entrada de Lear llevando en brazos a la hija muerta es el golpe que ha venido preparándose directa e indirectamente desde su captura.

Y, sin embargo, Shakespeare sigue aplazando la certidumbre absoluta. Por un lado hace pronunciar a Albany un falso final, en el que este, mirando al futuro, restituye a Lear la corona y a Edgar y Kent sus respectivos derechos. La muerte de Lear lleva al verdadero final, esta vez pronunciado por Edgar, que es quien pasa a gobernar y llevar el peso del reino malherido. Por otro lado está la engañosa posibilidad de que Cordelia no haya muerto. Sin duda, es una manera de expresar una ilusión o la heroica resistencia de Lear ante lo inapelable, pero el vaivén entre la certeza de la muerte y la esperanza de que viva es lo que permite a Lear morir dichoso creyendo que su hija está con vida. Sólo que, en tal caso, el espectador no se siente dichoso con Lear, sino aún más perturbado por su error. Como se ha observado, en la última escena todo lleva a un final que no llega y, cuando llega, no parece un final: el sufrimiento y la necesidad de ser pacientes son perennes.

X

Cuenta Samuel Johnson, crítico y editor de Shakespeare en el siglo XVIII, que la primera vez que leyó EL REY LEAR se sintió tan conmocionado por la muerte de Cordelia que no pudo volver a leer las últimas escenas de la obra en muchos años. La reacción de Johnson, comenta John Rosenberg, está más cerca de la intención de Shakespeare que la de los críticos de nuestra época que han interpretado piadosamente la obra como una alegoría de la salvación cristiana de Lear. Añadamos que la muerte de Cordelia forma parte del cuadro final más fúnebre de todo Shakespeare (más aún que el de *Hamlet* o el de *Tito Andrónico*).

La interpretación cristiana de EL REY LEAR aspira no sólo a una explicación intelectual, sino especialmente a un consuelo moral ante el holocausto y la injusticia poética con que concluye la obra. Ahora bien, el que en ella pueda haber referencias cristianas no significa que Shakespeare las haya dramatizado en una obra de tesis. Además, si se entiende que los dioses de EL REY LEAR son un trasunto de la divinidad cristiana, las alusiones religiosas son ambiguas o irónicas. Cuando corren a salvar a Cordelia, Albany implora la ayuda divina y es respondido con la entrada de su cadáver en brazos de Lear. Tras perder los ojos, Gloster niega la justicia de los dioses al decir que nos matan por diversión, como los chiquillos a las moscas (IV.i). Sin embargo, su hijo, el moralista Edgar, tras herir de muerte a su hermano Edmond, da una desconcertante explicación de la justicia divina:

> Los dioses son justos, y el placer de nuestros vicios
> lo vuelven instrumento de castigo:
> el lugar sombrío y vicioso donde te engendró
> le ha costado los ojos.

Según esto, la traición de Edmond y sus crueles consecuencias son el justo castigo al adulterio del que nació el traidor. Lo que debería seguir a «los dioses son justos» sería una condena de la traición de Edmond, sobre todo en ese momento en que el buen hijo ha vencido al malo. Es irónico que sea el propio Edmond quien corrija implícitamente a su hermano: «Dices bien. Es cierto. / La rueda ha dado la vuelta, y aquí estoy». En suma, la acción contradice la supuesta justicia de los dioses, que son continuamente invocados, pero no llegan a manifestarse. Lo único que se manifiesta es la naturaleza, nada benigna, y adversa o indiferente al sufrimiento de los hombres. Pero su presencia tampoco permite formular una interpretación única y global: en nuestros días la interpretación cristiana ha coexistido con la existencialista o «absurdista» de Jan Kott, sin que la obra se haya dejado reducir a una o a otra.

En la última escena la acción también ha dado la vuelta, y la composición del cuadro final semeja la del inicial: de nuevo aparece Lear reunido con sus tres hijas, en vano pidiéndole a Cordelia que hable, y rechazando la intervención de Kent. La lógica dramática de la obra es rigurosa: Lear queda enfrentado a las consecuencias de su error y cae con las demás víctimas. Al optar por un tratamiento trágico de la historia, el tipo de final que Shakespeare da a su obra es el único posible.

Cuando escribió EL REY LEAR, Shakespeare ya había dejado muy atrás *Romeo y Julieta,* en que el protagonista culpa de su desgracia a las estrellas. En sus tragedias maduras la responsabilidad del infortunio recae en el ser humano, cuyos errores pueden desatar las fuerzas destructoras de una realidad a la que él mismo pertenece, pero que muchas veces desconoce. EL REY LEAR es la expresión más extrema de este concepto.

ÁNGEL-LUIS PUJANTE

BIBLIOGRAFÍA SELECTA

EDICIONES

1.ª ed. en cuarto (Q), 1608, en *Shakespeare's Plays in Quarto* (a facsimile edition, eds. M. J. B. Allen & K. Muir, Berkeley, 1981).

The First Folio of Shakespeare, 1623 (The Norton Facsimile, prepared by C. Hinman, New York, 1968).

Ed. H. H. FURNESS (New Variorum Edition), Philadelphia & London, 1880.

Ed. K. MUIR (New Arden Shakespeare), London, 1952.

Ed. G. I. DUTHIE & J. D. WILSON (The New Shakespeare), Cambridge, 1960.

Ed. G. K. HUNTER (New Penguin Shakespeare), Harmondsworth, 1972.

Gen. eds. S. WELLS & G. TAYLOR, *The Complete Works,* Oxford, 1986.

Ed. J. HALIO, *The Tragedy of King Lear* (The New Cambridge Shakespeare), Cambridge, 1992.

Ed. J. HALIO, *The First Quarto of King Lear* (The New Cambridge Shakespeare), Cambridge, 1994.

ESTUDIOS

ADAMS, R. P., «King Lear's Revenges», *Modern Language Quarterly,* 21, 1960, págs. 223-7.

BARNET, S., «Some Limitations of a Christian Approach to Shakespeare», *E. L. H.,* 22, 1955, págs. 81-92.

BENNETT, J., «The Storm Within: The Madness of Lear», *Shakespeare Quarterly,* 13, 1963, págs. 137-55.

BOOTH, S., King Lear, Macbeth, *Indefinition & Tragedy.* New Haven & London, 1983.

BRADLEY, A. C., *Shakespearean Tragedy.* London, 1985 (1904).

BROOKE, N., *Shakespeare. King Lear.* London, 1963.

CAMPBELL, O., «The Salvation of Lear», *E. L. H.,* 15, 1948, págs. 93-109.

CAVELL, S., «The Avoidance of Love», en su *Must We Mean What We Say?* New York, 1969.

COLIE, R. L. & FLAHIFF, F. T. (eds.), *Some Facets of 'King Lear'.* Toronto, 1974.

DANBY, J. F., *Shakespeare's Doctrine of Nature. A Study of King Lear.* London, 1948.

EMPSON, W., *The Structure of Complex Words.* Totowa, New Jersey, 1979.

EVERETT, B., «The New King Lear», *Critical Quarterly,* 2, 1960, págs. 325-339.

FARLEY-HILLS, D., *Shakespeare and the Rival Playwrights, 1600-1606.* London, 1990.

FROST, W., «Shakespeare's Rituals and the Opening of *King Lear»,* *Hudson Review,* 10, 1958, págs. 577-585.

FRYE, N., «King Lear», en Sandler, R. (ed.), *Northrop Frye on Shakespeare.* Markham, Ontario, 1986.

GRANVILLE-BARKER, H., *Prefaces to Shakespeare*, vol. 2. London, 1978 (1930).

HONIGMANN, E. A. J., *Shakespeare. Seven Tragedies.* London, 1976.

JONES, E., *Scenic Form in Shakespeare.* Oxford, 1971.

JORGENSEN, P. A., *Lear's Self-Discovery.* Berkeley, 1967.

KERMODE, F. (ed.), *Shakespeare: King Lear.* London, 1969.

KIRBY, I. J., «The Passing of King Lear», *Shakespeare Survey*, 41, 1989, págs. 145-157.

KIRSCH, A., «The Emotional Landscape of *King Lear*», *Shakespeare Quarterly,* 39, 1988, págs. 154-170.

KIRSCHBAUM, L., «Albany», *Shakespeare Survey,* 13, 1960, págs. 20-29.

KNIGHT, G. W., *The Wheel of Fire.* London, 1961 (1930).

KNIGHTS, L. C., *Some Shakespearean Themes.* London, 1959.

KOTT, J., *Apuntes sobre Shakespeare.* Barcelona, 1969.

LASCELLES, M., «*King Lear* and Doomsday», *Shakespeare Survey,* 26, 1973, págs. 69-79.

LAW, R. A., «Holinshed's Leir Story and Shakespeare's», *Studies in Philology,* 48, 1950, págs. 42-50.

LEGGATT, A., *King Lear.* New York and London, 1988.

—, *King Lear* (Shakespeare in Performance). Manchester and New York, 1991.

LOZANO, M., «El silencio de Lear», en Depart. de Inglés UNED, *Encuentros con Shakespeare.* Madrid, 1985.

MACK, M.: *King Lear in Our Time.* Berkeley, 1965.

McCOMBIE, F., «Medium & Message in *As You Like It* and *King Lear*», *Shakespeare Survey,* 33, 1980, págs. 67-80.

MORRIS, I., «Cordelia and Lear», *Shakespeare Quarterly,* 8,1957, págs. 141-58.

MORTENSEN, P., «The Role of Albany», *Shakespeare Quarterly,* 16, 1965, págs. 215-25.

MUIR, K., «Madness in *King Lear*», *Shakespeare Survey,* 13, 1960, págs. 30-40.

, *Shakespeare. King Lear. Harmondsworth, 1986.*

NOWOTTNY, W., «Lear's Questions», *Shakespeare Survey,* 10, 1957, págs. 90-97.

PEAT, D., «'And that's true too': *King Lear* and the Tension of Uncertainty», *Shakespeare Survey,* 33, 1980, págs. 43-53.

PERKINSON, R. H., «Shakespeare's Revision of the Lear Story and the Structure of *King Lear*», *Philological Quarterly,* 22, 1943, págs. 315-29.

PIRIE, D., «Lear as King», en Cox, B. & Palmer, D. J. (eds.), *Shakespeare's Wide and Universal Stage.* Manchester, 1984.

ROSENBERG, J. D., «King Lear and his Comforters», *Essays in Criticism,* 16, 1966, págs. 135-146.

SCHOFF, F. G., «*King Lear:* Moral Example or Tragic Protagonist?», *Shakespeare Quarterly,* 13, 1963, págs. 157-172.

SHAW, J., «King Lear: The Final Lines», *Essays in Criticism,* 16, 1966, págs. 261-267.

STAMPFER, J., «The Catharsis of *King Lear», Shakespeare Survey,* 13, 1960, págs. 1-10.

STERN, J., *«King Lear,* The Transference of the Kingdom», *Shakespeare Quarterly,* 41, 1990, págs. 299-308.

STOCKHOLDER, K., «The Multiple Genres of *King Lear:* Breaking the Archetypes», *Bucknell Review,* 16, 1968, págs. 40-63.

STROUP, T. B., «Cordelia and the Fool», *Shakespeare Quarterly,* 12, 1961, págs. 127-32.

TAYLOR, G., «The War in *King Lear», Shakespeare Survey,* 33, 1980, págs. 27-34.

TAYLOR, G. & WARREN, M. (eds.), *The Division of the Kingdoms. Shakespeare's Two Versions of* King Lear. Oxford, 1983.

URKOWITZ, S., *Shakespeare's Revision of* King Lear. Princeton, 1980.

WALTON, J. K., «Lear's Last Speech», *Shakespeare Survey,* 13, 1960, págs. 11-19.

WATKINS, W. B. C., «The Two Techniques in *King Lear», The Review of Engish Studies,* XVIII, 69, 1942, págs. 1-26.

WEST, R. H., «Sex and Pessimism in *King Lear», Shakespeare Quarterly,* 11, 1960, págs. 56-60.

NOTA PRELIMINAR

El problema textual

El texto inglés de EL REY LEAR se publicó por primera vez en 1608 en una edición en cuarto (Q) con el título de *The Historie of King Lear*. En 1619 apareció una segunda edición, también en cuarto, que reproduce el texto anterior con algunas variantes, pero que carece de autoridad independiente. La obra se publicó de nuevo en 1623 en el infolio (F) de las obras dramáticas de Shakespeare con el título de *The Tragedie of King Lear*.

Q y F difieren notablemente. Hay más de 850 variantes entre ambas ediciones, pero, sobre todo, cada una de ellas contiene texto que no aparece en la otra: unas 300 líneas de Q (verso y prosa) ausentes en F, y unas 100 líneas exclusivas de F. Los principales pasajes de Q que faltan en F son: el diálogo en el que el bufón llama bobo al rey; el relato que hace Kent de la invasión francesa; el juicio imaginario a que Lear loco somete a sus hijas; los versos de Edgar al final de esta escena; el diálogo entre los criados después de que a Gloster le han sacado los ojos; parte de la discusión entre Albany y Goneril sobre el mal trato a Lear; toda una escena, en la que un caballero informa a Kent de la tristeza de Cordelia por la situación de su padre; la presencia del doctor y de la música cuando se reúnen Lear y Cordelia; y el relato que hace Edgar en la última escena de su encuentro con Kent. El texto que sólo aparece en F corres-

ponde principalmente a: la afirmación de Kent de que Albany
y Cornwall tienen criados que son espías al servicio de Francia;
la profecía de Merlín que hace el bufón al final de III.ii y las
últimas palabras del bufón y Lear.

Las ediciones modernas de la obra han venido consistiendo
en una combinación de ambos textos. Esta práctica se ha basado en un principio editorial bastante arraigado en el mundo
anglosajón según el cual no debe perderse un solo verso escrito por Shakespeare. Sin embargo, ya en 1930 Granville-
Barker analizó ambos textos y concluyó que la edición combinada contribuye a crear superfluidad o confusión. Bastantes
años después se ha vuelto a atacar este principio combinatorio
y se ha ofrecido una teoría basada en los siguientes supuestos:
1) Q es la primera versión de la obra y F, el resultado de una
revisión posterior, aconsejada seguramente por la experiencia
de los ensayos y la puesta en escena; 2) Q y F son textos autó-
nomos que deben editarse, leerse y representarse independientemente. Este segundo supuesto se ha tenido en cuenta en la
edición de las obras completas de Shakespeare que prepararon
Stanley Wells y Gary Taylor, publicada en 1986 (véase Bibliografía selecta, pág. 35), en la que por primera vez en nuestra
época aparecen las dos versiones por separado.

Esta decisión suscitó una viva polémica en el mundo de habla inglesa, acostumbrado durante tantos años a la versión
combinada. Sin embargo, e independientemente de la teoría en
que se basa, hay otras razones, nada nuevas por cierto, en favor
de la solución ofrecida. Cualquiera de las versiones alternati-
vas de una misma obra (y la literatura universal registra bastantes casos de este fenómeno) tiene su propia identidad histórica,
tanto para el autor como para quienes la leyeron. Desde este
punto de vista se puede optar por una u otra, o editarlas por separado o en texto paralelo, pero no combinarlas, porque, si el
objeto de una edición es acercar el texto a la voz y la intención
del autor, parece claro que en el caso de EL REY LEAR no hubo
intención acumulativa por parte de Shakespeare, sino, por el
contrario, el propósito de sustituir un texto por otro.

NOTA PRELIMINAR 41

La decisión de editar ambos textos por separado ha sido seguida después por J. Halio en sus ediciones individuales para Cambridge University Press (véase Bibliografía selecta, pág. 35). Recuérdese, además, que los principios filológicos en que se han basado las ediciones de EL REY LEAR de Wells y Taylor son los que han venido rigiendo desde hace muchos años en las ediciones de otras obras literarias (así, por ejemplo, los dos textos originales de *La vida es sueño* nunca se han combinado en las ediciones modernas) [7]. Estos principios se vienen aplicando igualmente en las ediciones y las interpretaciones musicales, en las que no se combinan las distintas versiones de una misma composición.

En cuanto a los textos originales de EL REY LEAR, podemos observar que el de F tiene mayor autoridad; al menos, revela una mejor transcripción. En comparación con el de Q, el de F prescinde de pasajes más bien narrativos que dramáticos, agiliza la acción sin alterar en lo esencial el espíritu de la obra y, por tanto, constituye un texto más teatral, en el mejor sentido del término. Pero hay más: la revisión de una obra dramática puede afectar a la acción, determinar una mayor o menor presencia de los personajes o alterar sus motivos, y este es también el efecto de la revisión operada en EL REY LEAR, tal como se observa en el texto de F. Ahora bien, este no es tampoco un texto perfecto, y defender contra viento y marea todas sus lecturas o supresiones frente a Q puede ser irracional. Si F es una revisión de Q, hay casos en que la lectura de Q tiene pleno sentido y la de F no la mejora, o en que hay corrupción textual en F cuando la lectura de Q es correcta. Además, quienquiera que los hiciese, no todos los

---

[7]   Entre ambos (el de Madrid y el de Zaragoza, los dos de 1636) hay numerosas variantes. El de Madrid corrige al de Zaragoza, lo amplía o suprime tiradas enteras de versos. Menos una, todas las ediciones modernas de *La vida es sueño* se basan en el texto de Madrid. La excepción es la de J. M. Ruano (Liverpool University Press, 1992), que se basa en el de Zaragoza. Pero Ruano también ha publicado después su edición crítica del texto de Madrid (Clásicos Castalia, núm. 208, Madrid, 1994).

cortes textuales son necesariamente aciertos, *malgré* Urkowitz. La supresión del breve diálogo de I.iv (págs. 184-185) en que el bufón llama bobo al rey puede explicarse por razones de censura, pero no tiene una clara justificación dramática. También puede discutirse si la supresión del pseudojuicio al que Lear loco somete a sus hijas en III.v (págs. 186-188) confiere superioridad textual o teatral a F sobre Q. En suma, y pese a sus méritos, la teoría revisionista corre el riesgo de volverse tanto o más ortodoxa que las anteriores a las que se opone.

La traducción

El texto traducido que aquí se ofrece está basado en F, pero acepta lecturas de Q e incluso de alguna edición moderna cuando, a mi juicio, estas tienen más sentido. Las supresiones de Q aparecen traducidas en el Apéndice (véase «Texto exclusivo de Q», págs. 183-197). De este modo, y aunque en traducción, no se niega al lector nada escrito por Shakespeare y se mantiene la integridad textual de la versión elegida. Los asteriscos que aparecen ocasionalmente en la traducción indican el lugar exacto de las supresiones.

En cuanto a las acotaciones, las pocas que añado, puestas entre corchetes, son de uso común en las ediciones modernas (que incorporan bastantes más) y suelen estar avaladas por el contexto o la tradición escénica. El punto y raya que a veces aparece en el diálogo intenta aclarar, sin necesidad de añadir más acotaciones, lo que generalmente es un cambio de interlocutor. Al igual que en las primeras ediciones, se omite la localización escénica y, aunque no se prescinde de la división en actos y escenas (ya presente en F), tampoco se la destaca tipográficamente ni se dejan grandes huecos entre escenas: el espacio escénico del teatro isabelino era abierto y carecía de la escenografía realista de épocas posteriores. El «lugar» de la acción venía indicado o sugerido por el texto y el actor y, al parecer, la obra se representaba sin interrupción.

Al igual que mis otras traducciones de Shakespeare, la presente aspira a ser fiel a la naturaleza dramática de la obra, a la lengua de Shakespeare y al idioma del lector[8]. He tratado de sugerir el medio expresivo (prosa, verso y rimas ocasionales), así como la variedad estilística del original, sin cuya reproducción toda versión de Shakespeare resulta monocorde. También he querido traducir como tales las canciones de la obra, de modo que el texto castellano se ajuste a la partitura (melodía, ritmo y compases; véase en el Apéndice). En cuanto al verso, y al igual que en mis otras traducciones, empleo el verso libre por parecerme el medio más idóneo para reproducir el verso suelto no rimado del original, ya que permite trasladar el sentido sin desatender los recursos estilísticos ni prescindir de la andadura rítmica.

Por lo demás, al relanzarse la colección Austral en nuevo formato, he aprovechado la oportunidad para revisar tanto la traducción como la Introducción y las notas.

*

Una vez más quisiera expresar mi agradecimiento a cuantos me han ayudado de una u otra forma: Veronica Maher, Eloy Sánchez Rosillo, Pedro García Montalvo, Mariano de Paco y Miguel Angel Centenero. A todos ellos, mi gratitud más sincera.

A.-L. P.

---

[8] El tema de este párrafo lo he tratado por extenso en mi trabajo «Traducir el teatro isabelino, especialmente Shakespeare», en *Cuadernos de Teatro Clásico,* núm. 4, Madrid, 1989, págs. 133-157, y más sucintamente, en «Traducir Shakespeare: mis tres fidelidades», en *Vasos comunicantes,* 5, Madrid, Otoño 1995, págs. 11-21.

EL REY LEAR

DRAMATIS PERSONAE

LEAR, rey de Britania
EL REY DE FRANCIA
EL DUQUE DE BORGOÑA
GONERIL, hija mayor de Lear
REGAN, hija segunda de Lear
CORDELIA, hija menor de Lear
El Duque de ALBANY, esposo de Goneril
El Duque de CORNWALL, esposo de Regan
El Conde de KENT
El Conde de GLOSTER
EDGAR, hijo de Gloster
EDMOND, hijo bastardo de Gloster
EL BUFÓN
OSWALD, mayordomo de Goneril
CURAN, cortesano
Un ANCIANO, siervo de Gloster
Un CAPITÁN
Un HERALDO
Caballeros, criados, mensajeros, soldados, acompañamiento

LA TRAGEDIA DEL REY LEAR

I.i   *Entran [los Condes de]* KENT *y [de]* GLOSTER, *y* EDMOND.

KENT

Creí que el rey estimaba más al Duque de Albany que al de
Cornwall.

GLOSTER

Eso creíamos nosotros. Pero ahora que divide su reino, no
está claro a cuál de los dos aprecia más, pues los méritos están tan igualados que ni la propia minuciosidad sabría esco-
ger entre uno y otro.

KENT

Señor, este joven, ¿no es hijo vuestro?

GLOSTER

Su crianza ha estado a mi cargo. Reconocerle me ha dado
siempre tal sonrojo que ahora ya estoy curtido.

KENT

No concibo...

GLOSTER

Pues su madre sí que concibió. Por eso echó vientre y se encontró con un hijo en la cuna antes de tener un marido en la
cama. ¿Se huele a pecado?

KENT

No quisiera corregirlo, viendo el feliz resultado.

GLOSTER

También tengo otro hijo, señor, de legítimo origen, un año
mayor que este, pero no más querido. Y aunque este mozo

vino al mundo por la vía del vicio sin que nadie lo llamase,
su madre era hermosa, gozamos al engendrarlo y el bastardo debe ser reconocido.— Edmond, ¿conoces a este noble caballero?

EDMOND

No, señor.

GLOSTER

El Conde de Kent. Recuérdale siempre como mi honorable
amigo.

EDMOND

A vuestro servicio, señor.

KENT

Os doy mi amistad y espero que seamos amigos.

EDMOND

Señor, me afanaré por merecerlo.

GLOSTER

Lleva fuera nueve años y se marcha otra vez [1].

Clarines.

Llega el rey.

Entran el rey LEAR, [*los Duques de*] CORNWALL
y de ALBANY, GONERIL, REGAN, CORDELIA *y*
acompañamiento.

LEAR

Gloster, traed a los Señores de Francia y de Borgoña [2].

---

[1]   Algunos críticos atribuyen a esta ausencia el desconocimiento de Edmond que demuestran su padre y su hermano. Pero si Gloster se avergüenza
de su hijo bastardo, no es de extrañar que le mande lejos para que no viva
con él.

[2]   En la antigüedad Borgoña era un reino de Francia y después, un ducado
semiindependiente.

GLOSTER
Sí, Majestad.

Sale.

LEAR
Mientras, voy a revelar mi propósito secreto.
Dadme ese mapa. Sabed que he dividido
en tres mi reino y que es mi firme decisión
liberar mi vejez de tareas y cuidados,
asignándolos a sangre más joven, mientras yo,
descargado, camino hacia la muerte.
Mi yerno de Cornwall y tú, mi no menos querido
yerno de Albany, es mi voluntad en esta hora
hacer pública la dote de mis hijas
para evitar futuras disensiones. Los príncipes
de Francia y de Borgoña, rivales pretendientes
de mi hija menor, hacen amorosa permanencia
en esta corte y es forzoso responderles.
Decidme, hijas mías, puesto que renuncio
a poder, posesión de territorios
y cuidados de gobierno, cuál de vosotras
diré que me ama más, para que mi largueza
se prodigue con aquella cuyo afecto
rivalice con sus méritos. Goneril,
mi primogénita, habla tú primero.
GONERIL
Señor, os amo más de lo que expresan las palabras,
más que a vista, espacio y libertad,
mucho más de lo que estimen único o valioso;
no menos que a una vida de dicha, salud,
belleza y honra; tanto como nunca
amara hijo o fuese amado padre;
con un amor que apaga la voz y ahoga el habla.
Mucho más que todo esto os amo yo.

CORDELIA [*aparte*]
    ¿Qué dirá Cordelia? Amará en silencio.
LEAR
    De todas estas tierras, desde esta raya a esta,
    ricas en umbrosas florestas y campiñas,
    ríos caudalosos y muy extensos prados,
    te proclamo dueña. Sean de los descendientes
    tuyos y de Albany a perpetuidad.—
    ¿Qué dice mi segunda hija,
    mi muy querida Regan, esposa de Cornwall?
REGAN
    Yo soy del mismo metal que mi hermana
    y no me tengo en menos: en el fondo de mi alma
    veo que ha expresado la medida de mi amor.
    Pero se ha quedado corta, pues yo me declaro
    enemiga de cualquier otro deleite
    que alcancen los sentidos en su extrema
    perfección y tan sólo me siento venturosa
    en el amor de vuestra amada majestad.
CORDELIA [*aparte*]
    Entonces, ¡pobre Cordelia!
    Aunque no, pues sin duda mi cariño
    pesará más que mi lengua.
LEAR
    Quede para ti y los tuyos en herencia perpetua
    este magno tercio de mi hermoso reino,
    tan grande, rico y placentero
    como el otorgado a Goneril.— Y ahora, mi bien,
    aunque última y menor, cuyo amor juvenil
    las viñas de Francia y los pastos de Borgoña
    pretenden a porfía, ¿qué dirás por un tercio
    aún más opulento que el de tus hermanas?[3]. Habla.

_____

    [3] Este tercio sería la mayor parte de la actual Inglaterra. El tercio de Go-
neril sería una parte del norte de Inglaterra y del sur de Escocia, que se uniría

CORDELIA
   Nada, señor.

LEAR
   ¿Nada?

CORDELIA
   Nada.

LEAR
   De nada no sale nada. Habla otra vez.

CORDELIA
   Triste de mí, que no sé poner
   el corazón en los labios. Amo a vuestra majestad
   según mi obligación, ni más ni menos.

LEAR
   Vamos, vamos, Cordelia. Corrige tus palabras,
   no sea que malogres tu suerte.

CORDELIA
   Mi buen señor, me habéis dado vida,
   crianza y cariño. Yo os correspondo como debo:
   os obedezco, os quiero y os honro de verdad.
   ¿Por qué tienen marido mis hermanas,
   si os aman sólo a vos? Cuando me case,
   el hombre que reciba mi promesa
   tendrá la mitad de mi cariño, la mitad
   de mi obediencia y mis desvelos. Seguro
   que no me casaré como mis hermanas *.

LEAR
   Pero, ¿hablas con el corazón?

---

al ducado escocés de Albany. El de Regan podría ser el actual País de Gales y
tal vez alguna región del suroeste de Inglaterra, que se unirían al ducado de
Cornwall, situado al extremo suroeste de la isla. Se ha argumentado (vease
Stern, págs. 299-300) que esta división del reino, lejos de ser irreflexiva, demuestra prudencia política: al colocar a Cordelia en el centro y distanciar
hasta el límite a las otras dos hermanas, Lear pretende evitar que estas se ata-
quen entre sí o que se unan contra Cordelia.

   *   Los asteriscos indican el lugar donde se suprimieron pasajes de la edición de 1608 (véase «El problema textual», págs. 39-42). Los textos suprimi-
dos figuran en el Apéndice, págs. 183-197.

CORDELIA
  Sí, mi señor.
LEAR
  ¿Tan joven y tan áspera?
CORDELIA
  Tan joven, señor, y tan franca.
LEAR
  Muy bien. Tu franqueza sea tu dote,
  pues, por el sacro resplandor del sol,
  por los ritos de Hécate [4] y la noche
  y toda la influencia de los astros
  que rigen nuestra vida y nuestra muerte,
  reniego de cariño paterno,
  parentesco y consanguinidad,
  y desde ahora te juzgo una extraña
  a mi ser y mi sentir. El bárbaro escita [5],
  o aquel que sacia el hambre devorando
  a su progenie, hallará en mi corazón
  tanta concordia, lástima y consuelo
  como tú, hija mía que fuiste.
KENT
  Majestad...
LEAR
  ¡Silencio, Kent!
  No te pongas entre el dragón y su furia.
  La quise de verdad y pensaba confiarme
  a sus tiernos cuidados.— ¡Fuera de mi vista!—
  Así como mi muerte será mi descanso,
  así le niego ahora el corazón de un padre.—
  ¡Llamad al Rey de Francia! ¡De prisa!

---

  [4] Diosa de la magia y los hechizos, así como de las almas de los muertos.
Aquí y más adelante Shakespeare incorpora la mitología griega en la antigua
Britania.
  [5] Los escitas habitaban una región situada en la actual Rusia, y desde la
antigüedad tenían fama de bárbaros y salvajes.

¡Y al Duque de Borgoña!— Cornwall y Albany,
añadid su tercio al de mis otras dos hijas.
Que la case su orgullo, que para ella es franqueza.
A los dos conjuntamente os invisto
con mi poder, supremacía y magnos atributos
que rodean a la realeza. Yo me reservaré
cien caballeros, que habréis de mantener,
y residiré con vosotros
por turno mensual. No conservaré
más que el título y los honores de un monarca;
el mando, rentas y ejercicio del poder,
queridos hijos, vuestros son. Para confirmarlo,
compartid entre los dos esta corona.

KENT

Regio Lear, a quien siempre
honré como mi rey, quise como a un padre,
seguí como señor, recordé como patrón
en mis plegarias...

LEAR

El arco está tenso; esquiva la flecha.

KENT

Pues que se dispare, aunque la punta
me traspase el corazón. Kent será irreverente
si Lear está loco. ¿Qué pretendes, anciano?
¿Tú crees que el respeto teme hablar
cuando el poder se pliega a la lisonja?
Si la realeza cae en la locura,
el honor ha de ser franco. Conserva tu poder
y, con mejor acuerdo, frena
tu odioso arrebato. Respondo con mi vida
de que tu hija menor no te ama menos
y de que no están vacíos aquellos
cuya voz apagada no resuena en el vacío.

LEAR

¡Kent, por tu vida, basta!

KENT

   Mi vida siempre tuve por apuesta
   en las partidas contra tus enemigos
   y no temo perderla por salvarte.

LEAR

   ¡Fuera de mi vista!

KENT

   Mira bien, Lear, déjame que sea
   por siempre la guía de tus ojos.

LEAR

   ¡Por Apolo...!

KENT

   Pues, por Apolo, rey,
   que invocas a tus dioses en vano.

LEAR

   ¡Miserable, descreído!

ALBANY y CORNWALL

   ¡Deteneos, señor!

KENT

   Mata a tu médico y da la paga
   a la inmunda enfermedad. Anula tu regalo
   o, mientras pueda gritar esta garganta,
   te diré que eres injusto.

LEAR

   ¡Óyeme, traidor, por tu lealtad escúchame!
   Por intentar que falte a mi promesa,
   lo cual yo nunca osé, e interponerte
   con soberbia entre mi decisión y mi poder,
   lo que ni mi carácter ni mi condición
   pueden consentir, en prueba de mi potestad
   aquí tienes tu premio. Cinco días te concedo
   para que te proveas contra los males
   de este mundo y el sexto vuelvas tu odiada espalda
   a mis dominios. Si el séptimo día
   encuentran en mi reino tu cuerpo desterrado,

será tu muerte. ¡Fuera! ¡Por Júpiter,
que no habrá revocación!

KENT

Ya te dejo, rey, si ese es tu deseo;
fuera hay libertad, aquí sólo destierro.
[*A* CORDELIA]
Los dioses, muchacha, te otorguen su amparo,
pues con tanto acierto piensas y has hablado.
[*A* GONERIL *y* REGAN]
Que vuestra elocuencia se pruebe en la acción,
y puedan dar fruto palabras de amor.—
Príncipes, adiós. En nuevo lugar
su viejo camino Kent proseguirá.

> *Sale.*
> *Clarines. Entra* [*el Conde de*] GLOSTER *con* [*el*
> REY DE] FRANCIA, [*el* DUQUE DE] BORGOÑA *y*
> *acompañamiento.*

CORNWALL

Majestad, los príncipes de Francia y de Borgoña.

LEAR

Mi señor de Borgoña, me dirijo
a vos primero, rival con este rey
en la mano de mi hija. ¿Qué mínimo
aceptáis en pago de su dote
para no renunciar a vuestra petición?

DUQUE DE BORGOÑA

Excelsa majestad, no pido más
de lo que habéis ofrecido, ni vos
queréis dar menos.

LEAR

Muy noble duque, cuando ella
tenía mi cariño, cara fue su dote.
Mas ahora ha caído su precio. Ahí está:
si algo de este ser tan insignificante

o todo él, con mi disgusto añadido
y nada más, satisface a Vuestra Alteza,
ahí la tenéis, es vuestra.

DUQUE DE BORGOÑA
No sé qué responder.

LEAR
Con todas sus flaquezas, sin amigos,
adoptada por mi odio, con la dote
de mi maldición y el rechazo de mi juramento,
¿la tomáis o la dejáis?

DUQUE DE BORGOÑA
Perdón, majestad. En tales circunstancias
no es posible decidir.

LEAR
Entonces dejadla, pues por los dioses
que me hicieron, esos son sus bienes.—
Gran rey, de vuestro afecto no osaría
desviarme para uniros con quien odio
y os ruego que pongáis vuestro cariño
en un ser más digno que esta desgraciada
a quien la naturaleza se avergüenza
de reconocer por propia.

REY DE FRANCIA
Es extraordinario que quien sólo hace un momento
era vuestro bien, objeto de vuestro elogio,
bálsamo de vuestra vejez, la mejor y predilecta,
en un instante incurra en tal atrocidad
que quede despojada de toda vuestra gracia.
O ha cometido una ofensa tan atroz
o vuestro afecto declarado caerá en falta.
Y creer eso de ella requiere tanta fe
que sin milagro no lo admite la razón.

CORDELIA [*a* LEAR]
Suplico a Vuestra Majestad
que, si es porque no tengo labia ni soltura

para decir lo que no siento, pues lo que pretendo
lo hago antes de hablar, hagáis saber
que no es ninguna mancha, crimen o vileza,
indecencia, ni acto ignominioso
lo que me priva de vuestra gracia y favor,
sino algo cuya falta me enriquece:
mirada obsequiosa y una lengua
que me alegra no tener, aun cuando no tenerla
me haya costado vuestro afecto.

LEAR
Más te valdría no haber nacido,
antes que haberme contrariado.

REY DE FRANCIA
¿Sólo es eso, un encogimiento
que a veces no permite demostrar
lo que pretende? Mi señor de Borgoña,
¿tomáis a la dama? No es amor
lo que se mezcla con cuestiones
ajenas a su objeto. ¿La tomáis?
Ella misma es una dote.

DUQUE DE BORGOÑA
Majestad, dad la parte que vos mismo
propusisteis y tomo a Cordelia por esposa
y Duquesa de Borgoña.

LEAR
¡Nada! Lo he jurado y lo mantengo.

DUQUE DE BORGOÑA
Me apena que por perder a vuestro padre
también perdáis un marido.

CORDELIA
Quede en paz el Duque de Borgoña.
Si su amor es el rango y la fortuna,
yo no seré su esposa.

REY DE FRANCIA
Hermosa Cordelia, tan rica por ser pobre,
excelsa por rechazada, querida por desairada,
te acojo con todas tus virtudes.

Si es lícito, me llevo lo que otros desechan.
¡Oh, dioses! ¡Qué extraño que tal desamor
encienda en mi afecto tanta admiración!—
Tu hija sin dote, a mí abandonada,
es, rey, nuestra reina de la bella Francia.—
La tibia Borgoña no ha dado hombre egregio
que pueda comprarme esta joya sin precio.—
Por mal que te traten, di adiós, mi Cordelia.
Ganarás con creces todo lo que pierdas.

LEAR

Ya la tienes, rey, pues tuya ahora es
la que fue mi hija, y no volveré
a verle la cara. Vete sin que yo
te dé mi cariño ni mi bendición.—
Venid, Duque de Borgoña.

> *Clarines. Salen* [*todos menos el* REY DE FRAN-
> CIA *y las hermanas*].

REY DE FRANCIA

Despídete de tus hermanas.

CORDELIA

Alhajas de mi padre, Cordelia os deja
con ojos llorosos. Sé bien lo que sois, aunque,
como hermana, no puedo llamar a vuestras faltas
por su nombre. Quered a nuestro padre:
lo encomiendo a vuestro amor declarado.
Mas, ¡ay!, si gozase yo aún de su afecto,
le depararía otro alojamiento.
Así que adiós a las dos.

REGAN

No nos dictes nuestra obligación.

GONERIL

Tú pon todo tu empeño en complacer
a tu señor, que te acoge cual limosna

de Fortuna. Por falta de obediencia
mereces que te nieguen lo que niegas.

CORDELIA

El tiempo mostrará toda doblez:
si encubre, luego ríe con desdén.
¡Ventura tengáis!

REY DE FRANCIA

Vamos, mi bella Cordelia.

Salen [*el* REY DE] FRANCIA *y* CORDELIA.

GONERIL

Hermana, tengo cosas que decirte de lo que tanto nos con-
cierne. Creo que nuestro padre se va esta noche.

REGAN

Desde luego, y contigo. El mes que viene, conmigo.

GONERIL

Ya ves qué veleidosa es la vejez. Y lo que hemos presen-
ciado ha sido poco. Siempre quiso más a nuestra hermana y
ahora está a la vista con qué insensatez la rechaza.

REGAN

Es lo malo de la edad. Aunque la verdad es que nunca supo
dominarse.

GONERIL

Si en su época mejor fue siempre arrebatado, de su vejez ya
podemos esperar no sólo los vicios de un carácter arraigado,
sino también la tozudez que trae consigo la débil e iracunda
ancianidad.

REGAN

Nos exponemos a arranques tan imprevistos como el destierro de Kent.

GONERIL

Ya sólo queda el acto de despedida al Rey de Francia. Pon-
gámonos de acuerdo. Si nuestro padre conserva autoridad
de la manera que ha mostrado, su renuncia nos dará dis-
gustos.

REGAN

Lo pensaremos.

GONERIL

Hay que hacer algo, y ya.

Salen.

I.ii   *Entra* [EDMOND, *el*] *bastardo.*

EDMOND

Naturaleza, tú eres mi diosa; a tu ley
ofrendo mis servicios. ¿Por qué he de someterme
a la tiranía de la costumbre y permitir
que me excluyan los distingos de las gentes
porque soy unos doce o catorce meses menor
que mi hermano? ¿Por qué «bastardo» o «indigno»,
cuando mi cuerpo está tan bien formado,
mi ánimo es tan noble y mi aspecto tan gentil
como en los hijos de una dama honrada?
¿Por qué nuestra marca de «indigno»,
de «indignidad, bastardía... indigno, indigno»,
cuando engendrarnos en furtivo deleite natural
nos da más ardor y energía
que la que en cama floja y desganada
emplean entre el sueño y la vigilia
para crear una tribu de memos?[6].
Conque, legítimo Edgar, tus tierras serán mías.
El amor de nuestro padre se reparte
entre el bastardo Edmond y el legítimo.
¡Valiente palabra, «legítimo»! Pues bien,
mi «legítimo», si esta carta surte efecto

---

[6]   Shakespeare recoge aquí la paradoja de la bastardía, expresada por Or-
tensio Landi en sus *Paradossi* (1543), según la cual el hijo bastardo es conce-
bido con más ardor amoroso que el legítimo y merece más estima que este.

y se realiza mi plan, Edmond el indigno
será el legítimo. Medro. Prospero.
Y ahora, dioses, ¡asistid a los bastardos!

Entra GLOSTER.

GLOSTER

¿Kent desterrado así? ¿Y el rey de Francia
marchó enfurecido? ¿Y el rey se fue anoche,
con su poder limitado y reducido a un subsidio?
¿Y todo de golpe? ¿Qué hay, Edmond? ¿Alguna noticia?

EDMOND

Con vuestro permiso, ninguna.

GLOSTER

¿Por qué te afanas tanto en guardar esa carta?

EDMOND

No tengo noticias, señor.

GLOSTER

¿Qué papel leías?

EDMOND

Nada, señor.

GLOSTER

¿No? Entonces, ¿a qué viene esa prisa por meterla en el bol-
sillo? La nada es de tal índole que no le hace falta escon-
derse. A ver. ¡Vamos! Si no es nada, no tendré que leerla.

EDMOND

Perdón, señor, os lo ruego. Es una carta de mi hermano que
no he terminado de ver y, por lo que dice, no creo conveniente que vos la leáis.

GLOSTER

Dame la carta.

EDMOND

Será tanto agravio retenerla como dárosla. Por lo que he leído,
lo que dice es censurable.

GLOSTER

¡Vamos, dámela!

EDMOND

Espero que le justifique el haberla escrito para probar mi virtud.

GLOSTER [*lee*]

«Este hábito de venerar la vejez nos amarga los mejores años de nuestra vida y nos priva de nuestros bienes hasta que la edad no nos deja gozarlos. Esta opresión de la tiránica vejez empiezo a sentirla como una servidumbre estúpida y vana, pues domina no por su poder, sino porque la sufrimos. Ven a verme y hablaremos más de esto. Si nuestro padre se durmiera hasta que yo le despertase, tú disfrutarías de la mitad de sus rentas para siempre y vivirías en el afecto de tu hermano

Edgar».

¡Mm...! ¡Conspiración! «Si se durmiera hasta que yo le despertase, tú disfrutarías de la mitad de sus rentas». ¡Mi hijo Edgar! ¿Tuvo mano para escribir esto? ¿Corazón y cerebro para concebirlo? ¿Cuándo te llegó? ¿Quién la trajo?

EDMOND

No me la trajeron, señor. Ahí está la astucia. La echaron por la ventana de mi cuarto.

GLOSTER

¿Reconoces la letra de tu hermano?

EDMOND

Señor, si se tratara de algo bueno, juraría que es la suya, pero siendo lo que es, yo diría que no.

GLOSTER

Es la suya.

EDMOND

Señor, es su letra; aunque espero que su corazón no esté en la carta.

GLOSTER

¿Nunca te ha sondeado en este asunto?

EDMOND

Nunca, señor. Pero a menudo le he oído decir que es justo que si el hijo está en su plenitud y el padre decae, el padre debe ser tutelado por el hijo y el hijo administrar las rentas.

GLOSTER

¡Ah, infame, infame! ¡La misma idea que en la carta! ¡Miserable! ¡Canalla desnaturalizado, odioso, brutal! ¡Peor que brutal! ¡Vamos, búscale! Voy a detenerle. ¡Infame aborrecible! ¿Dónde está?

EDMOND

No lo sé de cierto, señor. Si tenéis a bien suspender vuestro furor contra mi hermano hasta poder cercioraros con él mismo de su intento, iríais sobre seguro; en cambio, si procedéis con vehemencia contra él, interpretándole mal, abriréis una gran brecha en vuestra honra y romperéis su obediencia hasta la entraña. Apostaría mi vida a que ha escrito eso para probar mi afecto por vos y no con un fin perverso.

GLOSTER

¿Eso crees?

EDMOND

Si Vuestra Señoría lo estima oportuno, os situaré donde nos oigáis hablar de ello y, tras la prueba auditiva, quedaréis convencido. Y todo esta misma tarde.

GLOSTER

No puede ser un monstruo así *. Edmond, búscale. Te lo ruego, insinúate con él. Dispón el asunto según tu criterio. Renunciaría a mi condición por estar seguro.

EDMOND

Señor, voy a buscarle. Llevaré el asunto con los medios a mi alcance y os informaré.

GLOSTER

Los recientes eclipses de sol y de luna no nos auguran nada bueno [7]. Aunque la razón natural lo explique de uno u otro modo, el afecto sufre las consecuencias: el cariño se enfría, la amistad se quebranta, los hermanos se desunen; en las ciudades, revueltas; en las naciones, discordia; en los pala-

---

[7]   Supuesta referencia a un eclipse de sol, acaecido en octubre de 1605, que estuvo precedido por un eclipse de luna el mes anterior. Pero también hubo otros eclipses varios años antes y, por lo demás, la astrología se practicaba habitualmente.

cios, traición; y el vínculo entre el hijo y el padre se rompe.
Este canalla de hijo encaja en el augurio: es el hijo contra el
padre. El rey traiciona un instinto natural: es el padre contra
el hijo. Atrás quedan ya nuestros años mejores. Intrigas, doblez, perfidia y desórdenes nos siguen inquietantes a la
tumba. Edmond, sonsaca a ese infame; tú no expones nada.
Hazlo con cuidado. ¡Y el noble y leal Kent, desterrado! ¡Su
culpa, la honradez! Sorprendente.

                            Sale.

EDMOND
La estupidez del mundo es tan superlativa que, cuando nos
aquejan las desgracias, normalmente producto de nuestros
excesos, echamos la culpa al sol, la luna y las estrellas,
como si fuésemos canallas por necesidad, tontos por coac-
ción celeste; granujas, ladrones y traidores por influjo pla-
netario; borrachos, embusteros y adúlteros por forzosa su-
misión al imperio de los astros, y tuviésemos todos nuestros
vicios por divina imposición. Prodigiosa escapatoria del pu-
tero, achacando su lujuria a las estrellas. Mi padre se enten-
dió con mi madre bajo la cola del Dragón y la Osa Mayor
presidió mi nacimiento, de donde resulta que soy duro y las-
civo. ¡Bah! Habría salido el mismo si me bastardean mientras luce la estrella más virgen de todo el firmamento.

                        Entra EDGAR.

Aquí llega a punto, como en la catástrofe de las viejas comedias. Haré el papel del melancólico fatal, con suspiros de
lunático[8].— ¡Ah, esos eclipses predicen estas discordan-
cias! Fa, sol, la, mi[9].

---

[8] Exactamente, suspiros de «Tom o'Bedlam», nombre genérico de los mendigos procedentes del manicomio londinense de Bethlehem (Belén) o de los que
fingían haber salido de él. En II.ii (pág. 97) Edgar se disfrazará de «pobre Tom».
[9] Según la clasificación establecida en el siglo XIII, el intervalo formado
por las notas primera y última de las entonadas por Edmond constituye una

EDGAR

   ¿Qué hay, Edmond? ¿En qué meditación estás sumido?

EDMOND

   Estoy pensando, hermano, en una predicción que leí el otro
   día sobre lo que traerían los eclipses.

EDGAR

   ¿Te ocupan esas cosas?

EDMOND

   Te aseguro que esos vaticinios se cumplen fatalmente *.
   ¿Cuándo viste a nuestro padre por última vez?

EDGAR

   Anoche.

EDMOND

   ¿Hablaste con él?

EDGAR

   Sí, dos horas seguidas.

EDMOND

   ¿Os despedisteis en paz? ¿No observaste malestar en sus
   palabras o en sus gestos?

EDGAR

   En absoluto.

EDMOND

   Intenta recordar en qué has podido faltarle y, te lo suplico,
   evítale por algún tiempo hasta que se temple el ardor de su
   ira, pues ahora está tan furioso que no le detendrá ni el daño
   a tu persona.

EDGAR

   Esto es obra de un infame.

EDMOND

   Es lo que me temo. Te lo ruego, contente y evítale hasta que
   se frene su enojo; y, como digo, ven a mi aposento, desde
   donde yo te llevaré oportunamente para que le oigas. Vete,
   te lo ruego. Aquí tienes la llave. Y si sales, ve armado.

---

dissonantia perfecta. Al parecer, Shakespeare emplea esta sucesión a modo
de lema musical para sugerir el carácter discordante del bastardo Edmond.

EDGAR
   ¿Armado?
EDMOND
   Hermano, te aconsejo lo mejor. Si te miran con buenas in-
   tenciones yo soy un farsante. Y lo que has oído no es más
   que un relato piadoso de todo, no su verdad y su horror.
   ¡Anda, vete!
EDGAR
   ¿Me darás noticias pronto?
EDMOND
   Tú cuenta con mi apoyo en este asunto.

           Sale [EDGAR].

   Un padre crédulo y un hermano noble,
   tan incapaz de hacer daño por naturaleza
   que no sospecha ninguno; en cuya necia honradez
   cabalgan bien mis intrigas. Lo veo muy claro:
   si no cuna, astucia me depare tierras,
   que todo me sirve si a buen fin me lleva.

           Sale.

I.iii   *Entran* GONERIL *y* [OSWALD, *su*] *mayordomo*.

GONERIL
   ¿Que mi padre le pegó a mi gentilhombre por reprender a
   su bufón?
OSWALD
   Sí, señora.
GONERIL
   Me agravia día y noche; no pasa hora
   sin que cometa alguna tropelía
   que a todos nos enfrenta. No voy a soportarlo.
   Sus caballeros alborotan y él mismo

nos riñe por minucias. Cuando vuelva de cazar,
no pienso hablarle. Di que no estoy bien.
Si le resultas menos servicial
que antes, mejor. Yo respondo de tu falta.

OSWALD

Ya viene, señora; le oigo.

GONERIL

Afectad dejadez y negligencia,
tú y tus compañeros. Dad lugar al comentario.
Si no le gusta, que se vaya con mi hermana,
que sé bien que conmigo está de acuerdo *.
Recuerda lo que he dicho.

OSWALD

Sí, señora.

GONERIL

Y a sus hombres tratadlos con frialdad.
Lo que ocurra no importa. Díselo a tus compañeros *.
Ahora mismo le escribo a mi hermana
para que siga mi rumbo. Que preparen la comida.

Salen.

I.iv   *Entra* KENT [*disfrazado*].

KENT

Si disfrazo también el acento
y desfiguro mi modo de hablar, podré
llevar adelante la buena intención
que me ha hecho cambiar de apariencia.
Bien, desterrado Kent, si consigues servir
al que te ha condenado, acaso consigas
que tu amo querido aprecie tu esfuerzo.

Trompas dentro. Entran LEAR *y acompañamiento.*

LEAR

Que no tenga que esperar la comida. ¡Corred a prepararla!

[*Sale un criado.*]

¡Vaya! ¿Quién eres tú?

KENT

Un hombre, señor.

LEAR

¿Qué oficio tienes? ¿Qué quieres de mí?

KENT

Mi oficio es no ser menos de lo que parezco, servir fiel-
mente a quien confía en mí, estimar al honrado, tratarme
con el sabio y discreto, temer al que juzga, luchar cuando
debo y no comer pescado [10].

LEAR

¿Quién eres?

KENT

Un hombre de buena fe y tan pobre como el rey.

LEAR

Si tú siendo súbdito eres tan pobre como él siendo rey,
desde luego eres pobre. ¿Qué quieres?

KENT

Servir.

LEAR

¿A quién quieres servir?

KENT

A vos.

LEAR

¿Tú me conoces, amigo?

---

[10]   Tal vez sea una forma de asegurar lealtad: en la Inglaterra de Shakespeare las familias católicas, que tenían por costumbre comer pescado los
viernes, eran consideradas desleales al Estado protestante. O bien, Kent
quiere decir implícitamente que, en vez de pescado, come carne, que, según
se creía, daba más vigor corporal.

KENT

No, señor, pero hay algo en vuestro porte que me hace lla-
maros amo.

LEAR

¿Y qué es?

KENT

Autoridad.

LEAR

¿Qué sabes hacer?

KENT

Sé guardar un secreto honorable, cabalgar, correr, estropear
un buen cuento contándolo y dar sin rodeos un recado sen-
cillo. Sirvo para todo lo que haga un hombre corriente y mi
virtud es la diligencia.

LEAR

¿Cuántos años tienes?

KENT

Señor, ni tan pocos como para enamorarme de una mujer
por su canto, ni tantos como para encapricharme de ella por
cualquier cosa. Van cuarenta y ocho a mis espaldas.

LEAR

Ven conmigo y ponte a mi servicio. Si después de comer me
sigues gustando, te quedas para siempre. ¡Venga, la comida!
¡La comida! ¿Y mi muchacho? ¿Dónde está el bufón? Id a
decirle al bufón que venga.

> [*Sale un criado.*]
> *Entra* [OSWALD, *el*] *mayordomo.*

¡Tú! ¡Eh, tú! ¿Dónde está mi hija?

OSWALD

Con permiso.

> *Sale.*

LEAR

¿Qué dice ese? Decidle a ese idiota que vuelva.

[*Sale un* CABALLERO.]

¿Y mi bufón, eh? El mundo parece dormido.

[*Entra el* CABALLERO.]

Bueno, ¿dónde está ese chucho?

CABALLERO

Señor, dice que vuestra hija no está bien.

LEAR

¿Y por qué no ha venido el granuja cuando yo le he llamado?

CABALLERO

Señor, me ha dicho con toda claridad que porque no ha querido.

LEAR

¿Porque no ha querido?

CABALLERO

Señor, no sé lo que pasa, pero me parece que Vuestra Majestad no recibe el afecto y ceremonia acostumbrados. Se observa que ha decaído la cordialidad, tanto entre la servidumbre como en el propio duque y vuestra hija.

LEAR

¡Mmm...! ¿Eso crees?

CABALLERO

Señor, os pido perdón si me equivoco, pero mi deber me impide callar cuando creo que se os agravia.

LEAR

Me estás recordando lo que yo mismo pienso. Últimamente he notado una fría dejadez, pero la he achacado más bien a mi celosa suspicacia que a un propósito consciente de ser descortés. Prestaré más atención. Pero ¿y mi bufón? Hace dos días que no le veo.

CABALLERO

Señor, desde que mi joven señora marchó a Francia, el bufón está muy apenado.

LEAR

No sigas: ya me he fijado.— Ve a decirle a mi hija que quiero hablar con ella.

[*Sale un criado.*]

Y tú llama a mi bufón.

[*Sale otro criado.*]
Entra [OSWALD, *el*] *mayordomo.*

¡Ah, sois vos! Venid, mi señor. ¿Quién soy yo, señor?

OSWALD

El padre de mi señora.

LEAR

¿El padre de mi señora? ¡Bribón de mi señor! ¡Perro bastardo! ¡Gusano! ¡Rastrero!

OSWALD

No soy nada de eso, señor, con vuestro permiso.

LEAR

¿Me plantas cara, granuja?

OSWALD

Señor, no consiento que me peguen.

KENT

Ni que te tumben, vil plebeyo.

[*Le pone la zancadilla y le derriba.*]

LEAR

Gracias, amigo. Tendré muy en cuenta tu servicio.

KENT

Vamos, tú; arriba y fuera. Yo te enseñaré a distinguir. ¡Vamos, fuera! Si quieres volver a medir tu zafio talle, quédate; si no, ¡fuera! ¿No tienes juicio? Eso es.

[*Sale* OSWALD.]

LEAR
   Mi buen amigo, muchas gracias.

   Entra el BUFÓN.

   Aquí tienes algo a cuenta.
BUFÓN
   Permitid que me sirva a mí también. Aquí está mi gorro.
LEAR
   ¿Qué hay, mi listo amigo? ¿Cómo estás?
BUFÓN [*a* KENT]
   Más te vale llevar mi gorro.
LEAR
   ¿Por qué, muchacho?
BUFÓN
   Pues por estar de la parte del que pierde.— No, como no te
   pongas por donde sopla el viento, pronto lo sentirás. Va-
   mos, toma mi gorro. Mira, este hombre ha desterrado a dos
   de sus hijas, y a la tercera le ha hecho un gran bien sin que-
   rer. Si le sirves, tendrás que llevar mi gorro.— ¿Qué hay,
   abuelo? ¡Ojalá tuviera yo dos gorros y dos hijas!
LEAR
   ¿Por qué, muchacho?
BUFÓN
   Porque si les diera toda mi hacienda, me quedarían los gorros.
   Aquí está el mío. Pídele el otro a tus hijas.
LEAR
   Cuidado, tú, o el látigo.
BUFÓN
   La verdad es el perro que se manda a la perrera. Se le sa-
   cude en la calle, mientras que a la señora perra se la deja
   junto al fuego apestando.
LEAR
   ¡Mala peste para mí!

BUFÓN [*a* KENT]

Oye, te voy a enseñar algo.

LEAR

Venga.

BUFÓN

Fíjate, abuelo:

> Guarda más de lo que enseñas,
> di menos de lo que sepas,
> presta menos lo que tengas,
> más caballo y menos piernas,
> si más dicen, menos creas,
> sé más cauto en tus apuestas;
> vino y putas deja ya
> y no pases de tu puerta,
> y verás que tienes más
> de veinte en cada veintena.

KENT

Eso no dice nada, bobo.

BUFÓN

Entonces es como defensa de abogado que no cobra: se hace por nada. ¿Tú puedes hacer algo de nada, abuelo?

LEAR

No, muchacho: de nada no sacas nada.

BUFÓN [*a* KENT]

Te lo ruego, dile que a eso es a lo que ascienden sus rentas. No cree a este bobo.

LEAR

Un bobo amargo.

BUFÓN

¿Sabes qué diferencia hay, muchacho, entre un bobo amargo y un bobo dulce?

LEAR

No, joven. Dímela *.

BUFÓN

Abuelo, dame un huevo y yo te daré dos coronas.

LEAR

   ¿Y qué coronas serán?

BUFÓN

   Pues, después de partir el huevo por la mitad y haberlo sor-
bido, las dos coronas del huevo. Cuando partiste en dos tu
corona y regalaste ambas partes, llevaste el burro a cuestas
por el barro [11]. Poco juicio había en tu calva corona cuando
regalaste la de oro. Si lo que digo es propio de mí, que azo-
ten al primero que lo piense.

   [*Canta*]   Al bobo no le va bien,
                pues el listo se ha atontado,
                y ya no encuentra quehacer
                desde que ocupan su cargo [12].

LEAR

   Oye, ¿desde cuándo estás tan cantarín?

BUFÓN

   Abuelo, desde que convertiste a tus hijas en tus madres;
pues, cuando les diste la vara y te bajaste el calzón,

   [*canta*]   el gozo las hizo gemir
                y a mí el dolor cantar
                de ver al rey jugar así
                y entre bobos andar [13].

   Abuelo, tráete un maestro que le enseñe a mentir a tu bufón:
me gustaría aprender a mentir.

LEAR

   Si mientes, te mando azotar.

BUFÓN

   Quisiera saber de qué especie sois tú y tus hijas: ellas me
mandan azotar por decir la verdad y tú por mentir, y a ve-

---

  [11]   Referencia a una fábula de Esopo, en la que un hombre cruzó un lugar
embarrado con sus dos hijos a cuestas y luego hizo lo mismo con su burro.
  [12]   No se conoce la melodía original. Salvo el caso de la canción siguiente
y de otras dos, las demás rimas del bufón podían o no ser cantadas, pero no
se conservan las melodías.
  [13]   Véanse nota y partitura en el Apéndice, pág. 203.

ces me azotan por estar callado. Antes cualquier cosa que
bufón. Y, sin embargo, contigo no me cambiaría, abuelo:
te mondas el seso por los dos lados y no dejas lo de en-
medio.

                    Entra GONERIL.

Aquí viene una de las mondas.

LEAR

   ¿Qué pasa, hija? ¿A qué viene ese ceño? Estás muy ceñuda
   últimamente.

BUFÓN

   Eras muy afortunado cuando no te importaba su ceño. Pero
   ahora eres un cero pelado. Yo soy más que tú: soy un bufón;
   tú no eres nada. [*A* GONERIL] Sí, muy bien; me callaré. Aunque no me lo hayáis dicho, me lo manda vuestra cara.
                    Chitón, chitón:
                    quien ni una miga guardó,
                    aprenderá su valor.
   Este es una vaina sin guisantes.

GONERIL

   Señor, no sólo este impune bufón,
   sino otros de vuestro séquito insolente,
   de continuo discuten y riñen, provocando
   alborotos groseros e insufribles.
   Señor, creí que haciéndooslo saber
   me aseguraba el remedio, pero ya
   estoy temiendo, a juzgar por lo que habéis
   dicho y hecho ahora mismo, que disculpáis
   su conducta y la alentáis al consentirla,
   lo que, si así fuera, no quedaría sin censura,
   ni, por el bien del Estado, tardaría el castigo,
   que podría ofenderos y en otro caso
   parecer humillante, si no fuese
   porque la necesidad lo estimaría sensato.

BUFÓN

Pues, ya lo sabes, abuelo:

Tanto le alimentaba el gorrión
que el cuco la cabeza le arrancó.

Y la luz se apagó y nos quedamos a oscuras.

LEAR

¿Tú eres hija mía?

GONERIL

Quisiera que obrarais con prudencia,
de la que estáis bien dotado, y os libraseis
de los arranques que os han hecho
cambiar tanto últimamente.

BUFÓN

¿Ni un bobo ve cuándo el carro tira de la mula?
¡Arre, Juana, que te quiero!

LEAR

¿Alguno me conoce? Este no es Lear.
¿Anda así Lear? ¿Habla así? ¿Dónde están sus ojos?
Le flaquea el entendimiento, o el juicio
se le ha embotado...¡Cómo! ¿Despierto? No.
¿Hay alguien que pueda decirme quién soy?

BUFÓN

La sombra de Lear*.

LEAR

¿Cómo os llamáis, bella dama?

GONERIL

Señor, esa afectación es del mismo orden
que vuestras otras rarezas. Os ruego
que entendáis rectamente mi intención.
Como anciano respetable, debíais ser juicioso.
Tenéis cien caballeros y escuderos,
gente tan ruidosa, disipada e insolente
que nuestra corte, contagiada de sus vicios,
parece un hostal de mala vida:
el placer y la lujuria la asemejan
más a una taberna o un prostíbulo

que a un palacio honorable. El propio sonrojo
exige remedio inmediato. Dejad que os suplique
la que, si no, tomará lo que pide:
reducid vuestra escolta. Y los que continúen
a vuestro servicio, que sean hombres
como corresponde a vuestra edad,
que saben contenerse y conteneros.

LEAR

¡Demonios y tinieblas! ¡Ensillad mis caballos!
¡Reunid mi séquito!— ¡Bastarda degenerada!
No pienso molestarte: aún me queda otra hija.

GONERIL

Golpeáis a mis criados y vuestra chusma
insolente se impone a sus superiores.

Entra ALBANY.

LEAR

¡Ay del que tarde se arrepiente!—
¿Tú querías esto? ¡Vamos, dímelo!—
¡Preparad mis caballos!— Ingratitud,
demonio con el corazón de mármol,
más horrible que un monstruo de mar
al mostrarte en una hija.

ALBANY

Calmaos, os lo ruego.

LEAR [*a* GONERIL]

¡Odioso buitre, mientes! Mi escolta
la forman caballeros eximios y escogidos
que conocen sus deberes a conciencia
y ponen su mayor esmero en mantenerse
a la altura de su nombre. ¡Ah, esa falta tan pequeña
parecía en Cordelia tan horrible!
Como el potro de tortura, dislocó
todo mi ser, me arrancó del corazón
todo cariño, llenándolo de hiel.

¡Ah, Lear, Lear, Lear! ¡Llama a esta puerta [14],
que dejó entrar a tu demencia y salir
a tu cordura!— Vamos, vamos, señores.

ALBANY

Señor, soy tan inocente como ignorante
de lo que os ha excitado.

LEAR

Tal vez, señor.—
¡Óyeme, Naturaleza! ¡Escucha, diosa amada!
Si fue tu voluntad hacer fecundo
a este ser, renuncia a tu propósito.
Lleva la esterilidad a sus entrañas.
Sécale los órganos de la generación,
y de su cuerpo envilecido nunca nazca
criatura que la honre. Y, si ha de procrear,
que su hijo sea de hiel y sólo viva
para darle tormentos inhumanos.
Que le abra arrugas en su frente juvenil,
le agriete las mejillas con el llanto
y convierta las penas y alegrías de una madre
en burla y menosprecio, para que sienta
que tener un hijo ingrato duele más
que un colmillo de serpiente. ¡Vamos, vamos!

Sale [*con su escolta*].

ALBANY

¡Por todos los dioses! ¿A qué se debe esto?

GONERIL

No te inquietes por saberlo;
que su arrebato tenga todo el campo libre
que le da la chochez.

---

[14]   Probable referencia a su frente. Algunos actores dicen estos versos
golpeándose la frente.

Entra LEAR.

LEAR

¡Cómo! ¿Cincuenta de mis hombres de una vez?
¿De aquí a dos semanas?

ALBANY

Pero, ¿qué pasa, señor?

LEAR

Ya te lo diré.—
[*A* GONERIL] ¡Vida y muerte! Me avergüenza
que puedas sacudir mi hombría de este modo,
que seas digna de estas lágrimas ardientes
que me brotan. ¡Rayos y tormentas sobre ti!
¡Las llagas insondables de mi maldición paterna
corroan tus sentidos! Viejos ojos necios,
si seguís llorando, os arrancaré
y arrojaré con todo vuestro llanto
para que ablandéis la arcilla.
Muy bien. Me queda otra hija,
que sin duda me dará cariño y consuelo.
Cuando sepa lo que has hecho, con las uñas
te desollará esa cara de loba. Ya verás
si no recobro la figura a la que crees
que he renunciado para siempre.

Sale.

GONERIL

¿Te has fijado?

ALBANY

Goneril, el gran amor que te tengo
no me impide...

GONERIL

Basta, te lo ruego.— ¡Eh, Oswald!—
[*Al* BUFÓN] Tú, más farsante que bufón,
¡corre con tu amo!

BUFÓN

> ¡Eh, Lear, abuelo Lear!
> ¡Espera, que va el bufón!
> La zorra, si la has pillado,
> y una hija como esta
> acabarán mal, si el gorro
> me lo cambian por la cuerda;
> conque el bufón no se queda.

> *Sale.*

GONERIL

¡Qué bien le aconsejaron! ¡Cien caballeros!
¡Demuestra gran prudencia mantenerle
con cien caballeros armados! Sí,
para que al menor capricho, rumor, antojo,
queja o desagrado proteja su chochez
por la violencia y ponga nuestras vidas en peligro.—
¡Eh, Oswald!

ALBANY

Creo que recelas demasiado.

GONERIL

Es mejor que fiarse demasiado.
Antes suprimir el daño que recelo
que vivir temiendo el daño. Le conozco bien.
He escrito a mi hermana y se lo he contado todo.
Si le acoge con sus cien caballeros,
cuando le hago ver la improcedencia...

> *Entra* [OSWALD, *el*] *mayordomo.*

Oswald, ¿has escrito esa carta a mi hermana?

OSWALD

Sí, señora.

GONERIL

Que alguien te acompañe, y al caballo.

Infórmala bien de mis recelos
y añádele cuantas razones los confirmen.
Vete ya y regresa a toda prisa.

[*Sale* OSWALD.]

No, no, mi señor: no condeno tu actitud
blanda y generosa, aunque, permíteme decirte
que tu falta de prudencia es más censurada
que elogiada tu dañosa mansedumbre.

ALBANY
Por dónde ven tus ojos no puedo adivinarlo;
lo bueno se malogra queriendo mejorarlo.

GONERIL
Entonces...

ALBANY
Muy bien. Lo veremos.

Salen.

I.v   *Entran* LEAR, KENT, *un* CABALLERO *y el* BUFÓN.

LEAR [*a* KENT]
Corre a Gloster. Adelántate con esta carta. A mi hija le res-
pondes solamente lo que pueda preguntarte de la carta. Demuestra diligencia o llegaré antes que tú.

KENT
Señor, no dormiré hasta haberla entregado.

Sale.

BUFÓN
Si tuviéramos el cerebro en los talones, ¿no podrían salirnos
sabañones?

LEAR

Sí, muchacho.

BUFÓN

Entonces, alégrate. Tu seso no tendrá que llevar zapatillas.

LEAR

¡Ja, ja, ja!

BUFÓN

Ya verás lo bien que te trata la otra hija, pues, aunque se parece a esta como un pero a una manzana, yo sé lo que sé.

LEAR

¿Y qué sabes, muchacho?

BUFÓN

Pues que la otra sabrá igual, como un pero y otro pero. ¿Sabes por qué tenemos la nariz en medio de la cara?

LEAR

No.

BUFÓN

Para tener un ojo a cada lado. Así se ve lo que no se puede oler.

LEAR

Fui injusto con ella [15].

BUFÓN

¿Sabes cómo hace su concha la ostra?

LEAR

No.

BUFÓN

Yo tampoco. Pero sé por qué el caracol tiene casa.

LEAR

¿Por qué?

BUFÓN

Pues para meter la cabeza dentro, en vez de dársela a sus hijas y dejar los cuernos al aire.

---

[15]   Esta es la primera vez que Lear reconoce haberse equivocado con Cordelia. En su anterior referencia a ella (I.iv, pág. 77) Lear quita importancia a su «falta», pero no reconoce su error.

LEAR

Me olvidaré del cariño. ¡Un padre tan bueno!— ¿Están listos mis caballos?

BUFÓN

Los están preparando tus burros. Si las siete estrellas no son más que siete es por una buena razón [16].

LEAR

Porque no son ocho.

BUFÓN

Pues, claro. Tú serías un buen bufón.

LEAR

Recobrarlo por la fuerza... ¡Monstruosa ingratitud!

BUFÓN

Abuelo, si fueses mi bufón, te mandaría azotar por ser viejo antes de tiempo.

LEAR

¿Qué quieres decir?

BUFÓN

Que no debías haberte hecho viejo hasta haber sido sensato.

LEAR

¡Cielos clementes, que no me vuelva loco, no!
¡Conservadme la razón, no quiero enloquecer!—
Bueno, ¿están listos los caballos?

CABALLERO

Listos, señor.

LEAR

Vamos, muchacho.

BUFÓN

La que siendo ahora virgen se ríe de mi marcha
dejará de ser virgen si la cosa se alarga.

Salen.

---

[16]   En el grupo de estrellas conocido como las Pléyades hay siete que se destacan con más claridad.

II.i *Entran* [E\ᴅᴍᴏɴᴅ, *el*] *bastardo y* Cᴜʀᴀɴ *por lados opuestos.*

Eᴅᴍᴏɴᴅ
    Dios os guarde, Curan.
Cᴜʀᴀɴ
    Y a vos, señor. Vengo de ver a vuestro padre y le he infor-
    mado de que el Duque de Cornwall y la duquesa Regan lle-
    garán esta noche.
Eᴅᴍᴏɴᴅ
    ¿Cómo es eso?
Cᴜʀᴀɴ
    No lo sé. ¿Habéis oído las últimas noticias o, mejor dicho,
    los rumores, ya que por ahora no pasan de susurros?
Eᴅᴍᴏɴᴅ
    No. ¿Qué dicen?
Cᴜʀᴀɴ
    ¿No os han dicho nada de una guerra inminente entre los
    Duques de Cornwall y de Albany?
Eᴅᴍᴏɴᴅ
    Ni una palabra.
Cᴜʀᴀɴ
    Entonces lo sabréis a su tiempo. Adiós, señor.

            Sale.

Eᴅᴍᴏɴᴅ
    ¡El duque aquí esta noche! ¡Bien! ¡Magnífico!
    Esto encaja por fuerza con mi plan.
    Mi padre ha mandado apresar a mi hermano;
    y yo tengo un asunto bastante delicado
    que debo acometer. ¡Presteza y fortuna, actuad!—
    ¡Oye, hermano! ¡Baja! ¡Eh, hermano!

            Entra Eᴅɢᴀʀ.

Nuestro padre vigila. ¡Huye de aquí!
Han averiguado en dónde te ocultas.
Aprovecha la ventaja de la noche.
¿Qué has dicho contra el Duque de Cornwall?
Se acerca aquí, ahora, esta noche, a toda prisa,
y Regan le acompaña. ¿O qué has dicho
en su favor y contra el Duque de Albany?
Haz memoria.

EDGAR

Ni una palabra, seguro.

EDMOND

Oigo acercarse a nuestro padre. Perdona,
pero he de simular que desenvaino contra ti.
Tú también: finge defenderte. Y pelea bien.—
¡Ríndete! ¡Ven ante mi padre! ¡Aquí, luces!—
Huye, hermano.— ¡Antorchas, antorchas!— Adiós.

> *Sale* EDGAR.

Un poco de sangre les hará pensar
que la lucha ha sido cruel. He visto a borrachos
hacerse mucho más por diversión.

> [*Se hiere el brazo.*]

¡Padre, padre!— ¡Detente, detente!—
¿Quién me ayuda?

> *Entran* GLOSTER *y criados con antorchas.*

GLOSTER

Bueno, Edmond, ¿dónde está el infame?

EDMOND

Estaba aquí, en la oscuridad, espada en mano,
musitando maleficios, invocando
el valimiento de la luna.

GLOSTER
   Pero ¿dónde está?
EDMOND
   Mirad, señor, estoy sangrando.
GLOSTER
   ¿Dónde está el infame, Edmond?
EDMOND
   Huyó por ahí, señor, al ver que no podía...
GLOSTER
   ¡Perseguidle! ¡Corred tras él!

   [*Salen los criados.*]

   «Al ver que no podía», ¿qué?
EDMOND
   Convencerme de que os asesinara.
   Le dije que los dioses vengadores
   lanzan rayos contra todo parricida;
   le hablé de los vínculos múltiples y fuertes
   que ligan al hijo con el padre; en suma,
   al ver que me oponía con aversión
   a un propósito tan antinatural, él,
   con feroz estocada, arremetió
   contra mi cuerpo indefenso, hiriéndome el brazo.
   Mas, al verme con el ánimo atento,
   reaccionando en defensa de lo justo,
   o tal vez espantado por el ruido que yo hacía,
   de pronto salió huyendo.
GLOSTER
   Que huya bien lejos. En esta tierra
   no tiene donde seguir en libertad;
   morirá si le hallan. El noble duque,
   mi señor y gran patrón, llega esta noche.
   Con su autoridad anunciaré
   que será recompensado quien encuentre

y entregue a la horca al cobarde asesino;
y a quien le encubra, muerte.

EDMOND

Intentaba apartarle de su plan, mas al verle
dispuesto a ejecutarlo, con ásperas palabras
le amenacé con delatarle. Me contestó:
«¡Bastardo pordiosero! ¿Te imaginas
que, si yo afirmase lo contrario,
tu crédito, mérito o valer bastarían
para dar fe de tus palabras? No: cuanto niegue
(y esto he de negarlo aunque lo muestres
escrito con mi letra), lo achacaré
a tu intriga, instigación y maniobra.
La gente tendría que ser muy torpe
para no ver que el beneficio de mi muerte
es un incentivo claro y poderoso
para que quieras matarme».

GLOSTER

¡Ah, infame cruel y empedernido!
¿Y dijo que negaría su propia carta?

Clarines dentro.

¡Escuchad, es el duque! No sé por qué viene.
Cerraré toda salida; el infame
no escapará. El duque no podrá negármelo.
Además, enviaré su retrato a todas partes,
para que le identifique todo el reino.
Y ya buscaré el modo, hijo digno y leal,
de hacerte heredero de mi hacienda.

Entran CORNWALL, REGAN *y acompañamiento.*

CORNWALL

¿Qué hay, noble amigo? Apenas llegado,
me cuentan noticias sorprendentes.

REGAN

Si son ciertas, no habrá venganza capaz
de castigar al culpable. ¿Cómo estáis, señor?

GLOSTER

Con mi viejo corazón destrozado, señora.

REGAN

¿Iba a daros muerte el ahijado de mi padre?
¿Aquel a quien mi padre puso nombre? ¿Vuestro Edgar?

GLOSTER

¡Ah, señora! La vergüenza querría ocultarlo.

REGAN

¿No andaba con esos libertinos
que servían a mi padre?

GLOSTER

No lo sé, señora. ¡Es horrible, horrible!

EDMOND

Sí, señora. Se juntaba con ellos.

REGAN

Con razón era tan pérfido.
Le incitan a matar a su padre
para poder gastar y derrochar sus rentas.
Mi hermana me ha dado aviso de él
esta misma noche, y con tales advertencias
que, si vienen a alojarse en nuestra casa,
yo no estaré.

CORNWALL

Ni yo, te lo aseguro, Regan.
Edmond, me dicen que has prestado
un gran servicio filial a tu padre.

EDMOND

Era mi deber, señor.

GLOSTER

Le descubrió la intriga y recibió
esa herida tratando de prenderle.

CORNWALL

¿Están persiguiéndole?

GLOSTER
Sí, señor.

CORNWALL
Si le detienen, no habrá que temer
más traiciones. Tomad vuestras medidas
y disponed de mis medios. Tú, Edmond,
cuya obediencia y valer han hablado
por sí mismos, serás de los nuestros.
Hombres de tanta confianza van a serme
necesarios. Pasas a mi servicio.

EDMOND
Os serviré cuanto pueda
y siempre con lealtad.

GLOSTER
Os lo agradezco en su nombre.

CORNWALL
No sabéis por qué venimos a veros.

REGAN
Tan a destiempo, adentrándonos por las sendas
de la noche. Noble Gloster, son cuestiones
de importancia que exigen vuestro parecer.
Nuestro padre, así como nuestra hermana,
me informan de discordias, y he estimado
conveniente responder lejos de nuestra casa.
Los mensajeros [17] aguardan la orden de partir.
Nuestro viejo gran amigo, alegraos
y dispensad valioso consejo en un asunto
que exige acción inmediata.

GLOSTER
Señora, a vuestro servicio.
Que Vuestras Altezas sean bienvenidas.

Salen. Clarines.

---

[17]   Kent y Oswald.

II.ii   *Entran* KENT *y* [OSWALD, *el*] *mayordomo, por lados*
         opuestos.

OSWALD
    Buenas noches, amigo. ¿Eres de la casa?
KENT
    Sí.
OSWALD
    ¿Dónde podemos atar los caballos?
KENT
    En el barro.
OSWALD
    Vamos, dímelo, si lo tienes a bien.
KENT
    Lo tengo a mal.
OSWALD
    Bueno, y tú no me caes bien.
KENT
    Como te agarre, verás qué bien te caigo.
OSWALD
    ¿Por qué me tratas así? ¡Si no te conozco!
KENT
    Pero yo a ti sí.
OSWALD
    ¿Quién soy yo?
KENT
    Un bergante, un bribón, un lameplatos, un granuja rastrero,
    altanero, vacío; un lacayo ambicioso y pelagatos con calzas
    de estopa; un pícaro miedica, pleiteador, hijo de puta, mira-
    espejos, servil y relamido; un esclavo pobretón, que haría
    de alcahuete por dar buen servicio y que no es más que una
    mezcla de granuja, pordiosero, cobarde, rufián e hijo y he-
    redero de perra mestiza; un tipo al que voy a sacudir hasta
    arrancarle chillidos si me niega una sílaba de cuanto le he
    llamado.

OSWALD

Eres un tipo espantoso, maldiciendo a quien no te conoce ni
conoces.

KENT

Y tú un bellaco insolente, negando que me conoces. ¿No
hace dos días que te puse la zancadilla y te pegué ante el
rey? ¡Desenvaina, granuja, que, aunque sea de noche, hay
luna! ¡Te voy a hacer picadillo lunar, barbilindo rastrero
hijo de puta! ¡Desenvaina!

OSWALD

¡Fuera! Contigo no tengo que ver.

KENT

¡Desenvaina, bergante! Vienes con una carta contra el rey y
te pones de parte de doña Vanidad y contra su regio padre.
¡Desenvaina, bellaco, o te dejo en carne viva esas zancas!
¡Desenvaina, granuja! ¡Vamos!

OSWALD

¡Socorro, auxilio! ¡Que me matan!

KENT

¡Ataca, cobarde! ¡Alto, granuja! ¡Detente, lindo cobarde, y
ataca!

OSWALD

¡Socorro! ¡Que me matan, que me matan!

> *Entran* [EDMOND, *el*] *bastardo, espada en mano,*
> CORNWALL, REGAN, GLOSTER *y criados.*

EDMOND

¡Eh! ¿Qué ocurre? ¡Separaos!

KENT

Con vos, señorito. Si gustáis, dejad que os instruya. Vamos,
mi joven maese.

GLOSTER

¿Armas? ¿Pelea? ¿Qué pasa aquí?

CORNWALL

¡Silencio, por vuestra vida! ¡El que ataque, morirá!
¿Qué ocurre?

REGAN

Los mensajeros de mi hermana y del rey.

CORNWALL

¿A qué se debe esta lucha? Hablad.

OSWALD

Estoy sin aliento, señor.

KENT

No es de extrañar, con el valor que derrochas, cobarde granuja. De ti reniega la naturaleza: a ti te hizo un sastre.

CORNWALL

Eres un tipo singular. ¿Un sastre hacer a un hombre?

KENT

Un sastre, señor: un picapedrero o un pintor no le habrían
hecho tan mal, ni aun llevando sólo dos años en el oficio.

CORNWALL

Vamos, habla. ¿Cómo empezó la pelea?

OSWALD

Señor, este viejo energúmeno, cuya vida he perdonado por
respeto a sus canas...

KENT

¡Tú, cero de puta, signo vacío!— Señor, si me dais licen-
cia, patearé a este burdo infame hasta hacerle argamasa y
enlucir las paredes de un retrete. ¿Por mis canas, colipavo?

CORNWALL

¡Silencio!
Zafio salvaje, ¿no tienes respeto?

KENT

Sí, señor, pero el enfado tiene preferencia.

CORNWALL

¿Qué es lo que tanto te enfada?

KENT

El que un bribón como este vaya con espada
y sin honor. Granujas tan sonrientes
roen y rompen como ratas vínculos sagrados
que son indisolubles; dan gusto a los impulsos
que se desatan en el pecho de sus amos,

echando leña a su fuego y nieve a su desánimo;
niegan, afirman, giran su pico de alción [18]
según cambia el viento de sus dueños
y, como perros, no saben más que seguirlos.—
¡Maldita sea tu cara epiléptica!
¿Te ríes de mí como si fuese un bufón?
So ganso, si te agarro en la llanura de Sarum,
te llevo graznando a Camelot [19].

CORNWALL

Pero, ¿estás loco, viejo?

GLOSTER

¿Cómo empezó todo? Dilo.

KENT

No hay contrarios más inconciliables
que este granuja y yo.

CORNWALL

¿Por qué granuja? ¿Qué ha hecho de malo?

KENT

No me gusta su semblante.

CORNWALL

Ni tal vez el mío, el suyo o el de ella.

KENT

Señor, mi oficio es ser claro:
he visto mejores caras en mi vida
que la que lleva encima de sus hombros
cualquiera de los que tengo delante.

CORNWALL

Este es uno de esos que, elogiado por sincero,
adopta una insolente tosquedad
y se impone una conducta opuesta a su carácter.
Él no sabe adular, no; él es claro y franco

---

[18]   Nombre clásico del martín pescador. Se creía que, colgado, este pájaro
movía el pico según la dirección del viento.
[19]   Sarum era el nombre antiguo de la ciudad de Salisbury, situada al sur
de Inglaterra. En las leyendas artúricas, Camelot era la ciudad donde estaba
situado el castillo y la corte del rey Arturo.

y siempre dice verdades: si las toman, bien;
si no, es que es sincero. Conozco a estos granujas:
en su franqueza esconden más astucia
y corrupción que veinte lacayos que no cesan
de inclinarse y se extreman por cumplir.

KENT

Señor, de buena fe, con franca veracidad,
con la venia de vuestra ínclita figura,
cuyo poder, igual que la ardiente aureola
que flamea en la frente de Febo...

CORNWALL

¿Qué te propones?

KENT

Salirme de mi estilo, que tanto os disgusta. Señor, sé que no
soy adulador. El que os ha engañado hablando claro es claramente un granuja, y yo nunca lo seré, aunque me gane
vuestro enojo al obligaros a rogármelo.

CORNWALL

¿En qué le ofendiste?

OSWALD

En nada. Hace poco, interpretándome mal,
su amo el rey tuvo a bien pegarme.
Entonces él, secundándole y halagando
su disgusto, me derribó por detrás.
Estando yo en el suelo, se creció,
me insultó y tanto se hizo el héroe
que logró distinguirse, y el rey le alabó
por rendir a quien no se resistía;
y ahora, excitado por su hazaña,
arremete de nuevo contra mí.

KENT

Estos granujas y cobardes son capaces
de engañar al mismo Áyax [20].

---

[20]   Es decir, son capaces de engañar a héroes como el griego Áyax e, implícitamente, al Duque de Cornwall, que no debieran dejarse engañar.

CORNWALL

　¡Traed el cepo! Viejo incorregible,
　maduro bravucón, yo te enseñaré.

KENT

　Señor, a mi edad ya no se aprende.
　No me queráis en el cepo. Sirvo al rey,
　y os vine a ver por orden suya.
　Demostraríais poco respeto y gran violencia
　a la persona y majestad de mi señor
　castigando a su emisario.

CORNWALL

　¡Traed el cepo! Por mi vida y mi honra,
　que aquí se quedará hasta el mediodía.

REGAN

　¿El mediodía? Hasta la noche, mi señor,
　y toda ella.

KENT

　Señora, si yo fuese el perro de vuestro padre,
　no me trataríais así.

REGAN

　Mas, como eres su esclavo, lo haré.

CORNWALL

　Este es uno de la especie de que habla
　nuestra hermana.— ¡Vamos, el cepo!

Sacan el cepo.

GLOSTER

　Permitidme suplicaros: no lo hagáis *.
　El rey se ofenderá si se ve menospreciado
　en su propio mensajero y se lo encuentra
　apresado de este modo.

CORNWALL

　De eso respondo yo.

REGAN

　Mi hermana se ofenderá mucho más
　si insultan y atacan así a su mayordomo *.

CORNWALL
      Y ahora vamos, señor.

                    Salen [*todos menos* GLOSTER *y* KENT.]

GLOSTER
      Me das pena, amigo. Pero es deseo del duque,
      cuyo carácter, como todo el mundo sabe,
      no se deja refrenar. Yo te defenderé.
KENT
      No, mi señor. He viajado sin reposo.
      Pasaré un rato durmiendo y el resto, silbando.
      Al honrado la suerte se le acaba por los pies.
      Buen día tengáis.
GLOSTER
      El duque ha hecho mal: esto dará que sentir.

                         Sale.

KENT
      Buen rey, verás que se cumple el dicho:
      cuando el cielo te abandona,
      te quedas expuesto al sol[21].
      Acércate, faro de este mundo nuestro,
      que pueda, con tus socorridos rayos,
      leer esta carta. Casi nadie ve milagros
      más que en la desgracia. Sé que es de Cordelia,
      que por suerte ha tenido noticias
      de mi simulación y hallará el momento
      de proveer remedio y cura a situación
      tan monstruosa. Ojos soñolientos, cansados
      de velar, aprovechad vuestra ventaja
      y no veáis mi humillante alojamiento.

_____

[21]   Seguramente quiere decir que su suerte va a empeorar.

Fortuna, buenas noches, vuelve a sonreír
y que gire tu rueda.

Se duerme.
Entra EDGAR.

EDGAR

Oí pregonar que me buscan
y, gracias al hueco de un árbol, burlé
a mis perseguidores. No hay salida abierta,
ni puesto que no extreme la guardia
en espera de apresarme. Mientras pueda escapar,
me protegeré; tengo la intención
de ofrecer el aspecto más pobre e indigno
con el que la miseria, desdeñosa del hombre,
le redujo casi a bestia. Me ensuciaré la cara,
me ceñiré una manta, haré de mi pelo greñas
y, expuesta mi desnudez, lucharé
contra el viento y el acoso de los cielos.
El campo ofrece casos y ejemplos
de mendigos lunáticos [22] que, gritando,
se clavan en el brazo desnudo y entumecido
alfileres, pinchos de madera, clavos, puntas
de romero; con tan horrible espectáculo
van por míseras granjas, aldehuelas,
majadas y molinos, y, con locas maldiciones
o con súplicas, mueven a caridad:
«¡Socorred a Turlygod! ¡Limosna para Tom!».
Es lo que me queda, pues Edgar ya no existe.

Sale.
Entran LEAR, *el* BUFÓN *y un* CABALLERO.

---

[22] Exactamente «Bedlam beggars». Véase al respecto nota 9, pág. 64.

LEAR

Es raro que salieran de ese modo
sin dar respuesta a mi emisario.

CABALLERO

Oí decir que anteanoche
no tenían pensamiento de ausentarse.

KENT

¡Salud, noble amo!

LEAR

¡Vaya! ¿Te diviertes con ese castigo?

KENT

No, señor.

BUFÓN

¡Ja, ja! ¡Qué ligas más duras lleva! Los caballos se atan por
la cabeza, los perros y los osos por el cuello, los monos por la
cintura y los hombres por las piernas. Quien mueve mucho
las piernas, lleva medias de madera.

LEAR

¿Quién es el que confundió tu puesto
y te ha metido ahí?

KENT

«El que» y «la que»: vuestro yerno e hija.

LEAR

No.

KENT

Sí.

LEAR

Que no.

KENT

Que sí*.

LEAR

¡Por Júpiter, juro que no!

KENT

¡Por Juno, juro que sí!

LEAR

No se atreverían, no podrían,

no querrían. Atentar contra el respeto
con tales desafueros es peor que un crimen.
Cuéntame rápido y preciso de qué modo
mereciste o ellos te impusieron este trato,
siendo mensajero mío.

KENT

Señor, cuando les di vuestra carta
en su residencia, estando aún de rodillas
presentando mis respetos, llegó un mensajero
a toda prisa y sudoroso, transmitiendo
entre jadeos saludos de su ama Goneril.
Sin importarle interrumpir, les entregó una carta,
que leyeron sin demora y, al ver el mensaje,
llamaron a sus criados, montaron a caballo,
me mandaron seguirles y esperar respuesta,
mirándome con frialdad. Luego, aquí,
al encontrarme al otro mensajero,
cuya acogida fue veneno de la mía,
y viendo que era el mismo que hace poco
se insolentó con Vuestra Majestad,
desenvainé con más valor que prudencia.
Él despertó a la servidumbre con sus gritos
y alaridos de cobarde. Vuestro yerno e hija
juzgaron que mi ofensa merecía
la vergüenza que ahora sufro.

BUFÓN

Si vuela el ganso bravo, aún estamos en invierno.

       Suele tener hijo ingrato
       el padre que va harapiento,
       pero el hombre adinerado
       será padre de hijo tierno.
       La fortuna, puta innoble,
       le cierra la puerta al pobre.

Pero tú cogerás tantas perras por tus hijas que estarás un año
contándolas.

LEAR

¡Ah, la sofocación me sube al pecho!
Hysterica passio, quieta! Angustia trepadora [23],
tu elemento está abajo.— ¿Dónde está esa hija?

KENT

Está ahí dentro, señor, con el conde.

LEAR

No me sigáis. Esperad aquí.

Sale.

CABALLERO

¿No cometisteis más falta que la que habéis dicho?

KENT

Ninguna.
¿Cómo es que el rey viene con tan pocos?

BUFÓN

Si te hubieran metido en el cepo por hacer esa pregunta, lo
tendrías bien merecido.

KENT

¿Por qué, bufón?

BUFÓN

Te mandaremos a la escuela de la hormiga para que apren-
das que en invierno no se trabaja. Salvo los ciegos, los que
siguen su nariz se guían por los ojos, y no hay una sola nariz entre veinte que no huela al que apesta. Suelta la gran
rueda que corre cuesta abajo, no sea que te mates por se-
guirla; pero, si va cuesta arriba, deja que tire de ti. Cuando
un listo te dé mejor consejo, devuélveme el mío. Como lo
da un bobo, que lo sigan los bribones.

> Quien trabaja por la paga
> y sirve por conveniencia,

---

[23] Se creía que la histeria *(«histerica passio»)* se originaba en el fondo
del estómago y subía por el cuerpo afectando sucesivamente a las distintas
partes.

en cuanto llueve se larga
y te deja en la tormenta.
Queda el bobo, marcha el listo,
y ahora me quedo yo.
Bobo el bribón que se ha ido,
que el bobo no es un bribón.

KENT

¿Dónde aprendiste eso, bobo?

BUFÓN

En el cepo no, bobo.

Entran LEAR *y* GLOSTER.

LEAR

¿No quieren verme? ¿Están indispuestos, cansados,
viajaron de noche? Simples evasivas,
signos de rebeldía y deserción.
Traedme otra respuesta.

GLOSTER

Querido señor, ya conocéis
el carácter irascible del duque
y sabéis lo constante e inflexible
que es en sus decisiones.

LEAR

¡Venganza! ¡Peste! ¡Muerte! ¡Destrucción!
¿«Carácter»? ¿«Irascible»? Gloster, Gloster,
quiero ver al Duque de Cornwall y a su esposa.

GLOSTER

Pero, señor, ya les he informado.

LEAR

¡«Informado»! Pero, ¿es que no me entiendes?

GLOSTER

Sí, señor.

LEAR

El rey quiere ver al duque; el padre
quiere ver a su hija, le ordena obediencia.

¿«Informado»? ¡Por mi vida y mi sangre!
¿«Irascible»? Pues dile al colérico duque...
Bueno, no: quizá no esté bien.
La dolencia descuida los deberes
que debe cumplir la salud; no somos los mismos
cuando, aquejada, la naturaleza
obliga al espíritu a sufrir con el cuerpo.
Seré paciente; y reniego de la irreflexión
que me ha hecho tomar el acto de un enfermo
por el de un sano.— ¡Muerte a mi realeza!
¿Por qué está él ahí? Esta acción me convence
de que el viaje del duque y de mi hija
es pura farsa. Quiero que liberéis a mi criado.
Id a decirles al duque y a su esposa
que quiero verlos. ¡Ahora mismo, ya!
Decidles que salgan y me oigan
o tocaré el tambor a la puerta de su cuarto
hasta matar el sueño para siempre.

GLOSTER

Deseo que haya paz entre vosotros.

Sale.

LEAR

¡Ah, el corazón, se me sube el corazón! ¡Abajo![24]

BUFÓN

Tú grítale, abuelo, como aquella cocinera que metía las an-
guilas vivas en la masa; les zurraba en la cresta con un palo,
gritándoles: «¡Abajo, rebeldes, abajo!» Su hermano fue
aquel que, de pura bondad con su caballo, le puso mante-
quilla al pienso[25].

---

[24]   Véase al respecto nota 23, pág. 100.
[25]   Aunque el «hermano» lo hizo sin malicia, los mozos de cuadra solían
untar el pienso con alguna sustancia grasa, que los caballos rechazan, para
economizar o incluso robarlo.

Entran CORNWALL, REGAN, GLOSTER *y criados.*

LEAR
Buenos días a los dos.
CORNWALL
Salud a vos, mi señor.

KENT *es puesto en libertad.*

REGAN
Me alegro de veros, señor.
LEAR
Te creo, Regan, y sé por qué razón
te creo: si no te alegrases,
maldeciría el sepulcro de tu madre
por ser la tumba de una adúltera.—
[*A* KENT] ¡Ah! ¿Estás libre? Hablaremos de esto.—
Querida Regan, tu hermana es perversa.
¡Ah, Regan! Cual buitre, me ha clavado en el pecho
el pico punzante de la ingratitud.
Apenas puedo hablarte; no creerías
de qué modo tan malvado...¡Ah, Regan!
REGAN
Os lo ruego, señor, conteneos.
Quiero creer que no la estimáis en lo que vale,
no que ella falte a su deber.
LEAR
¿Cómo? ¿Qué dices?
REGAN
No puedo creer que mi hermana sea capaz
de eludir su obligación. Señor, si acaso
refrenó los desmanes de vuestros seguidores,
lo hizo por motivos y fines tan sensatos
que la eximen de toda culpa.
LEAR
¡Pues yo la maldigo!

REGAN

Señor, sois anciano. En vos la naturaleza
está al borde de su término. Dejad
que os guíe y conduzca el prudente
que aprecia vuestra condición mejor que vos.
Por tanto, os suplico que volváis
con mi hermana. Decid que la agraviasteis.

LEAR

¿Pedirle perdón? ¡Muy propio de la paternidad!
«Querida hija, reconozco que soy viejo.
La vejez es una inútil. Te pido de rodillas
que te dignes darme ropa, cama y alimento».

REGAN

Basta, señor. Esos gestos son indecorosos.
Volved con mi hermana.

LEAR

Jamás, Regan. Me ha quitado la mitad
de mi séquito; estuvo ceñuda conmigo;
cual serpiente, me hirió el corazón con su lengua.
¡Que todas las venganzas que atesoran los cielos
caigan sobre su ingrata cabeza!
¡Aires malsanos, dejadle baldados
sus jóvenes miembros!

CORNWALL

¡Vamos, vamos, señor!

LEAR

¡Raudos relámpagos, lanzad contra sus ojos
desdeñosos vuestras llamas cegadoras!
¡Miasmas que emanáis de las ciénagas
con el fuego del sol, corromped su belleza
y llenadla de llagas!

REGAN

¡Dioses benditos! También me lo desearéis
a mí en momentos de arrebato.

LEAR

No, Regan, yo nunca te maldeciré.
Tu apacible condición no podría

volverte tan cruel. Sus ojos asustan; los tuyos
confortan y no queman. No es propio de ti
escatimarme deseos, reducirme la escolta,
contestarme con dureza, regatearme el subsidio
y, en suma, recibirme echando el cerrojo.
Tú conoces los deberes naturales,
tu obligación filial, los actos de cortesía,
las deudas de gratitud. Tú no has olvidado
la mitad del reino que te di por dote.

REGAN
Señor, al asunto.

LEAR
¿Quién puso a mi hombre en el cepo?

Toque de trompeta dentro.

CORNWALL
¿Qué señal es esa?

REGAN
La conozco: es la de mi hermana; esto confirma
su aviso de que llegaría pronto.

Entra [OSWALD, *el*] *mayordomo.*

¿Ha llegado tu señora?

LEAR
Este es un granuja que se crece de prestado
a cuenta del favor inconstante de su ama.
¡Fuera de mi vista, lacayo!

CORNWALL
Señor, ¿qué os proponéis?

Entra GONERIL.

LEAR
¿Quién castigó a mi emisario? Regan,
confío en que tú no sabías nada.—

¿Quién llega? ¡Ah, dioses! Si amáis a los ancianos,
si vuestro benigno poder reconoce
la obediencia, si también sois ancianos,
¡haced vuestra mi causa! ¡Asistidme y defendedme!
[A GONERIL] ¿No te avergüenza mirar estas canas?
¡Ah, Regan! ¡La coges de la mano!

GONERIL

¿Por qué no iba a hacerlo? ¿Qué mal he hecho yo?
Malo no es todo lo que cree la necedad
y juzga la chochez.

LEAR

¡Ah, pecho, cómo resistes! ¿Aún lo soportas?—
¿Quién puso a mi hombre en el cepo?

CORNWALL

Fui yo, señor. Pero sus excesos
no merecían ese honor.

LEAR

¿Tú? ¿Fuiste tú?

REGAN

Os lo ruego, padre: reconoced que sois débil.
Si hasta el fin de vuestro mes
queréis volver y vivir con mi hermana,
despidiendo a la mitad de vuestro séquito,
venid después conmigo. Estando ausente de casa,
no dispongo de los medios necesarios
para recibiros.

LEAR

¿Volver con ella y despedir cincuenta hombres?
No, antes renuncio a todo techo;
me asociaré con lobos y con búhos
y bajo la furia de los cielos me expondré
al mordisco de la privación [26]. ¿Volver con ella?
Ahí está el fogoso Rey de Francia, que a mi hija

---

[26] Véase nota complementaria en el Apéndice, pág. 199.

menor tomó sin dote: también podría arrodillarme
ante su trono y pedirle un subsidio de escudero
para seguir en esta vida miserable.
¿Volver con ella? Antes pídeme que sea
esclavo y siervo de este odioso mayordomo.

GONERIL

Como os plazca, señor.

LEAR

Te lo ruego, hija mía, no me vuelvas loco.
No pienso molestarte, hija. Adiós.
Ya nunca nos veremos, ni nos encontraremos.
Pero eres mi carne, mi sangre, mi hija,
o más bien infección de mi carne
que por fuerza es mía. Eres un tumor,
una llaga que supura, una úlcera inflamada
en mi sangre corrompida. Mas no pienso reñirte.
Venga el oprobio cuando quiera: yo no lo invoco.
No le pido al dios del trueno que fulmine,
ni te acuso ante Júpiter, el juez supremo.
Enmiéndate cuando puedas y a tu conveniencia.
Soy paciente; puedo vivir con Regan,
yo y mis cien caballeros.

REGAN

No exactamente. Yo no os esperaba,
ni estoy preparada para una digna acogida.
Señor, atended a mi hermana: quienes vean
vuestros arranques con frialdad, por fuerza
convendrán en que sois viejo, así que... [27].
Ella sabe lo que hace.

LEAR

¿Es cierto lo que oigo?

REGAN

Muy cierto, señor. ¡Cincuenta caballeros!

---

[27]   Según Hunter, lo que dice Regan es tan evidente que no necesita seguir hablando.

¿No os bastan? ¿Para qué más,
o para qué tantos, cuando el gasto y el peligro
rechazan tan alto número? En una casa,
¿cómo puede vivir en armonía
tanta gente con dos amos?
Es difícil, casi imposible.

GONERIL

¿Por qué, mi señor, no pueden serviros
los que son sus criados o los míos?

REGAN

¿Por qué no, señor? Si os desatienden,
podemos reñirles. Como ahora veo el riesgo,
si venís conmigo, os pido que traigáis
nada más que veinticinco; a ninguno más
daré posada ni admisión.

LEAR

Yo os lo di todo.

REGAN

Y en buena hora.

LEAR

Os hice mis delegadas, mis depositarias,
reservándome el derecho a cierto número
de seguidores. ¿He de ir a tu casa
con veinticinco? Regan, ¿es eso lo que dices?

REGAN

Y lo repito, señor: conmigo ni uno más.

LEAR

Los seres perversos parecen hermosos
al lado de otros más perversos: no ser lo peor
también tiene mérito.— [*A* GONERIL] Voy contigo:
tus cincuenta son dos veces veinticinco
y tu amor dobla al suyo.

GONERIL

Oídme, señor. ¿Son necesarios
veinticinco, diez o cinco en una casa
en que el doble está a vuestro servicio?

REGAN

 ¿Es necesario uno?

LEAR

 ¡No discutáis lo necesario! Hasta el más pobre
 posee algo superfluo. Si no dais a la naturaleza
 más de lo necesario, la vida humana vale
 menos que la de la bestia. Tú eres una dama:
 si abrigarse fuera ir engalanado,
 no te harían falta esas galas que llevas
 y apenas te abrigan. Respecto a necesidad,
 ¡dadme, cielos, la paciencia necesaria!
 Aquí me veis, dioses: un pobre anciano,
 cargado de años y penas, mísero en ambos.
 Si sois vosotros los que indisponéis
 a estas hijas con su padre, no hagáis de mí
 el necio que todo lo soporta mansamente;
 infundidme noble cólera y no dejéis
 que esas armas de mujer, las lágrimas,
 deshonren mi hombría. No, brujas desalmadas,
 tomaré tal venganza de vosotras
 que el mundo entero... Lo haré... No sé aún
 qué va a ser, mas será el terror de la tierra.
 Creéis que lloraré. No, no voy a llorar.
 Me sobran motivos;

 Fragor de tormenta.

 pero este corazón saltará en mil pedazos
 antes que yo llore.— ¡Ah, bufón, voy a enloquecer!—

 Salen LEAR, GLOSTER, *el* BUFÓN [*y el* CABA-
 LLERO].

CORNWALL

 Entremos; se acerca una tormenta.

REGAN

La casa es pequeña; no puede alojar bien
al viejo y su gente.

GONERIL

Es culpa suya. Si renuncia al reposo,
que pruebe su locura.

REGAN

Le recibiré gustosamente a él solo,
pero a ninguno de su escolta.

GONERIL

Esa es mi intención.
¿Dónde está el Conde de Gloster?

CORNWALL

Salió con el viejo. Aquí vuelve.

Entra GLOSTER.

GLOSTER

El rey está furiosísimo.

CORNWALL

¿Adónde va?

GLOSTER

Ha ordenado montar, mas no sé adónde va.

CORNWALL

Más vale dejarle: es su propia guía.

GONERIL

Señor, de ningún modo le pidáis que se quede.

GLOSTER

Pero se acerca la noche y braman
feroces los vientos. Apenas hay un arbusto
en millas a la redonda.

REGAN

Ah, señor, al testarudo
el daño que se hace a sí mismo
debe servirle de lección. Cerrad las puertas.
Le siguen unos temerarios, y la prudencia

aconseja guardarse de las provocaciones
a que pueda dejarse llevar.

CORNWALL

Cerrad las puertas, señor. La noche es temible.
Regan dice bien. Protejámonos de la tormenta.

Salen.

III.i   *Sigue la tormenta. Entran* KENT *y un* CABALLERO *por
        lados opuestos.*

KENT

¿Quién va, además del tiempo infame?

CABALLERO

Alguien tan turbado como el tiempo.

KENT

Yo os conozco. ¿Dónde está el rey?

CABALLERO

Luchando con los fieros elementos;
al viento le dice que hunda la tierra
en las aguas o levante el mar encrespado
sobre los continentes y que todo
se altere o destruya*.

KENT

Pero ¿quién va con él?

CABALLERO

Sólo el bufón, que se esfuerza en aliviarle
las penas con sus bromas.

KENT

Señor, os conozco lo bastante
para confiaros un asunto de importancia.
Aunque por ahora guardan apariencias
con parejo disimulo, hay enfrentamiento
entre Albany y Cornwall, que tienen criados
(¿y quién tan encumbrado de Fortuna

no los tiene?), que, aunque lo parecen,
son espías que informan a Francia
sobre nuestro Estado: lo que han visto
de las riñas e intrigas de los duques
o la dureza con que ambos han tratado
al anciano rey; o algo más profundo,
de lo cual todo esto es sólo síntoma *.

CABALLERO

Habrá que hablar más de esto.

KENT

No. Para confirmar que soy mucho más
que mi apariencia, abrid esta bolsa
y sacad el contenido. Si véis a Cordelia,
y sin duda la veréis, mostradle este anillo,
y ella os dirá quién es ese hombre
que no conocéis. ¡Maldita tormenta!
Voy en busca del rey.

CABALLERO

Dadme la mano. ¿Queréis decir algo más?

KENT

Poco, aunque de gran trascendencia.
Cuando encontremos al rey (id vos
por ese lado, yo por este), quien primero
dé con él, que grite al otro.

Salen.

III.ii   *Sigue la tormenta. Entran* LEAR *y el* BUFÓN.

LEAR

¡Soplad, vientos, y rajaos las mejillas!
¡Rugid, bramad! ¡Romped, trombas y diluvios,
hasta anegar las torres y hundir las veletas!
¡Fuegos sulfúreos, raudos como el pensamiento,

heraldos del rayo que parte los robles,
quemadme las canas! Y tú, trueno estremecedor,
¡aplasta la espesa redondez de la tierra,
rompe los moldes de la naturaleza y mata
la semilla que produce al hombre ingrato!

BUFÓN

Ah, abuelo: más vale dar jabón en seco que renegar bajo
esta lluvia. Entra, abuelo, y pídeles la bendición a tus hijas.
La noche no perdona ni a bobo ni a listo.

LEAR

¡Retumbe tu vientre! ¡Escupe, fuego; revienta, nube!
Ni lluvia, viento, trueno o rayo son mis hijas.
De ingratitud no os acuso, elementos:
yo nunca os di un reino, jamás os llamé hijos.
No me debéis obediencia, así que arrojad
vuestro horrendo placer. Aquí está vuestro esclavo,
un pobre anciano, mísero, débil, despreciado.
Y, sin embargo, os llamo aliados serviles
que, unidos a mis dos hijas perversas,
desde el cielo lanzáis vuestras legiones
sobre cabeza tan blanca, tan vieja. ¡Ah, infamia!

BUFÓN

Quien tiene una casa donde meter la cabeza, tiene una
buena sesera.

      Braguetero busca un hoyo
      y va con cabeza al aire,
      que se llenará de piojos
      cuando tenga que casarse [28].
      El que atiende al dedo gordo
      mucho más que al corazón
      por un callo andará loco
      y despierto del dolor.

---

[28]   Seguramente se refiere a los piojos de su golfa o los de la mujer a
quien haya dejado encinta.

Pues no hay mujer guapa que no haga visajes delante del
espejo.

Entra KENT.

LEAR

No, seré un modelo de paciencia.
No diré nada.

KENT

¿Quién va?

BUFÓN

Pues la majestad y el braguetero, es decir un sabio y un
bobo.

KENT

Ah, señor, ¿estáis ahí? Ni los que aman la noche
aman noches como esta. Los coléricos cielos
espantan a las fieras que vagan en las sombras
y las retienen en sus cuevas. Desde que soy hombre
no recuerdo haber visto estos chorros de fuego,
ni oído este retumbar del hórrido trueno,
ni estos gemidos de lluvia y viento rugiente.
El hombre no soporta tal angustia ni temor.

LEAR

Que los grandes dioses que engendraron
tan temible tumulto sobre nuestras cabezas
descubran ahora a sus enemigos. Tiembla,
desgraciado, que callas tus recónditos delitos
aún sin castigar. Escóndete, asesino,
perjuro, hipócrita incestuoso. Estremécete,
infame, y salta en pedazos por haber
tramado contra el hombre bajo capa
de bondad. Crímenes ocultos, abrid
vuestros antros y pedid perdón
a estos terribles emisarios.
Víctima soy del pecado más que pecador.

KENT

¡Cómo! ¿A cabeza descubierta?—
Majestad, aquí cerca hay una choza:
os dará cobijo en esta tempestad.
Descansad dentro, mientras voy al duro palacio
(más duro que la piedra de sus muros,
donde hace poco me han negado acceso
al preguntar por vos) a obligarles
a mostrar siquiera cortesía.

LEAR

La cabeza se me va.—
Vamos, muchacho. ¿Cómo estás? ¿Tienes frío?
Yo también.— ¿Dónde está esa choza, amigo?
El arte de la necesidad es admirable:
vuelve valioso lo mísero. Vamos, la cabaña.—
Mi pobre y pícaro bufón, en mi pecho
hay siempre un hueco que se apena por ti.

BUFÓN [*canta*]

    Quien tiene poco juicio y sensatez,
    do, re, mi, do, hay viento y lloverá,
    a su destino se ha de someter,
    pues un día y otro día lloverá [29].

LEAR

Cierto, muchacho.— Vamos, llévanos a la choza.

     Salen [LEAR y KENT].

BUFÓN

Espléndida noche hasta para enfriar a una golfa. Antes de
salir, haré una profecía:
    Cuando sacerdotes no hagan y hablen
    y los cerveceros la cerveza agüen;

---

[29]   Véanse nota y partitura en el Apéndice, págs. 204-205.

cuando el noble enseñe al sastre su empleo
y, en lugar de herejes, ardan los puteros,
será porque el reino de Albión
ha entrado en la gran confusión [30].

Cuando en todo pleito se haga justicia,
y amo y escudero sin penurias vivan;
cuando nuestras lenguas no murmuren más
y nuestros rateros dejen de robar;
cuando el usurero saque sus reservas
y erijan iglesias putas y alcahuetas,
un tiempo habrá entonces, ¿y quién lo verá?,
en que nuestros pies sirvan para andar.
Será profecía del mago Merlín, que yo he nacido antes que
él [31].

Sale.

III.iii   *Entran* GLOSTER *y* EDMOND.

GLOSTER
    ¡Ay, Edmond! No me gusta este trato despiadado. Cuando
    les pedí permiso para aliviarle, se adueñaron de mi casa y
    me prohibieron, bajo pena de perpetuo disfavor, hablar de
    él, mediar por él o auxiliarle en modo alguno.
EDMOND
    Eso es cruel y despiadado.

---

[30] La referencia al reino de Albión (nombre antiguo de Inglaterra o Gran
Bretaña) aparece en F a continuación del antepenúltimo verso de la profecía.
Siguiendo a Warburton y otros editores, parece conveniente transponer estos
versos como aquí aparecen, ya que, más que una, aquí hay dos profecías: la
primera es una exposición del *presente como futuro* (como si dijéramos
«cuando pase lo que está pasando»); la segunda, la predicción de un futuro
utópico que la realidad presente impedirá que se cumpla.
[31] El célebre mago de las leyendas del rey Arturo vivió, según Geoffrey of
Monmouth, en el siglo VI, es decir unos catorce siglos después del rey Lear.

GLOSTER

Bueno, tú no digas nada. Hay enfrentamiento entre los duques. Y un asunto aún peor. Esta noche he recibido una
carta; es peligroso comentarla; la he guardado en mi escri-
torio. Los agravios que ahora sufre el rey serán vengados
por entero: ya ha desembarcado parte de un ejército; debe-
mos ponernos del lado del rey. Voy a buscarle; le ayudaré
en secreto. Tú entretén al duque conversando, no vaya a
descubrir mi auxilio. Si pregunta por mí, no estoy bien y me
he acostado. Aunque me cueste la vida, como me han amenazado, hay que socorrer al rey, mi anciano señor. Se aveci-
nan sucesos singulares, Edmond. Lleva cuidado.

Sale.

EDMOND

Al duque he de informar sin dilación
de esa bondad prohibida y de la carta.
Esto merece un buen premio. Ganaré
lo que pierda mi padre, que será su hacienda:
cuando caen los viejos, los jóvenes medran.

Sale.

III.iv   *Entran* LEAR, KENT *y el* BUFÓN.

KENT

Este es el lugar, señor; entrad, mi señor.
La tiranía de esta noche no la soporta
nuestra naturaleza.

Sigue la tormenta.

LEAR
Déjame.

KENT

Mi buen señor, entrad aquí.

LEAR

¿Quieres partirme el corazón?

KENT

Antes me partiría el mío. Entrad, mi señor.

LEAR

Tú das importancia a que esta fiera tormenta
nos cale hasta los huesos. Tú lo ves así;
mas donde el mal es mayor, el menor
no se siente. Tú huirías de un oso,
mas si la huida te lleva al mar rugiente,
tendrías que afrontarlo cara a cara.
Si está libre la mente, el cuerpo es sensible.
La tormenta de mi mente no me deja
sentir nada, salvo lo que brama dentro,
la ingratitud filial. ¿No es como si la boca
arrancase la mano que la nutre?
Castigaré sin piedad. ¡No, no voy a llorar más!
¡Dejarme fuera en una noche así!
¡Venga lluvia, que puedo soportarla!
¡En una noche así! ¡Ah, Regan, Goneril!
¡Al padre anciano y generoso que os lo dio todo!
¡Ah, esto lleva a la locura! Que no caiga en ella.
Ya basta.

KENT

Mi buen señor, entrad aquí.

LEAR

Anda, entra tú y protégete. La tormenta
me impide meditar sobre otras cosas
que me harían más daño. Pero entraré.—
Muchacho, entra tú primero.— ¡Pobreza sin techo!—
Vamos, entra. Rezaré y después me dormiré.

Sale [*el* BUFÓN].

Pobres míseros desnudos, dondequiera que estéis,
expuestos al azote de esta cruel tormenta,
¿cómo os protegerá de un tiempo como este
vuestra cabeza descubierta, vuestro cuerpo
sin carnes, los harapos llenos de agujeros?
¡Ah, qué poco me han preocupado! Cúrate, lujo;
despójate y siente lo que siente el desvalido,
para que pueda caerle lo superfluo
y se vea que los dioses son más justos.

EDGAR [*dentro*]
   ¡Braza y media! ¡Braza y media! [32]. ¡Pobre Tom!

Entra el BUFÓN.

BUFÓN
   No entres ahí, abuelo: hay un espíritu. ¡Socorro, auxilio!
KENT
   Dame la mano.— ¿Quién anda ahí?
BUFÓN
   ¡Un espíritu, un espíritu! Dice que se llama Pobre Tom.
KENT
   ¿Quién eres tú, que te quejas en la choza?
   Sal de ahí.

Entra EDGAR [*disfrazado de mendigo*] [33].

EDGAR
   ¡Fuera! Me persigue el Maligno.
       El viento helado sopla entre el espino.
       ¡Huuum! Acuéstate, que tienes frío [34].

---

[32]   Edgar quizá diga esto fingiendo ser marinero o bien refiriéndose a la supuesta profundidad del agua de lluvia acumulada en la choza.
[33]   Edgar anticipa su disfraz en II.ii (véase pág. 97).
[34]   Parte del fingimiento de Edgar consiste en recitar (o tal vez cantar) fragmentos de baladas populares.

LEAR

¿Les has dado todo a tus dos hijas?
¿A esto has llegado?

EDGAR

Dadle algo al pobre Tom [35]. El Maligno le ha llevado por
fuego y por llama, por vado y remolino, por ciénaga y pan-
tano. Le ha puesto cuchillos debajo de la almohada, sogas
en la galería y veneno al lado de la sopa. Le ha vuelto soberbio de hacerle trotar en caballo bayo sobre puentes de
cuatro pulgadas persiguiendo a su sombra cual si fuera una
traidora. ¡Los dioses te lo pagarán! Tom tiene frío. Titi, titi,
titi. ¡Y te bendecirán contra los torbellinos, el mal de los astros y las pestes! Limosna para el pobre Tom, víctima del
Maligno. A ver si lo pillo aquí, y aquí, y aquí [36].

Sigue la tormenta.

LEAR

¿A eso le han llevado sus hijas?—
¿No pudiste guardar nada? ¿Se lo diste todo?

BUFÓN

No: se guardó una manta, que, si no, nos daría vergüenza.

LEAR

¡Caigan sobre sus hijas todas las plagas del cielo
que penden sobre las culpas de los hombres!

KENT

Señor, no tiene hijas.

LEAR

¡Así te maten, traidor! Sólo unas hijas malvadas
podían degradar tanto su naturaleza.

---

[35] Durante su encuentro con Lear y después con Gloster, Edgar repre-
senta su papel de mendigo pidiendo limosna con varias fórmulas (más adelante, «los dioses te lo pagarán»).
[36] Tal vez Edgar diga esto haciendo ademán de atacar al «Maligno» o de
matarse los piojos.

¿Es costumbre que a los padres rechazados
les dé tan poca lástima su carne? [37].
¡Un castigo justo! Su carne fue la que engendró
a estos pelícanos de hijas [38].

EDGAR

        Fue Pelicón al Mont Pelicón...
¡Aú, aú, du-dú!

BUFÓN

Esta noche helada nos va a volver a todos locos e idiotas.

EDGAR

Guárdate del Maligno, obedece a tus padres, honra tu palabra, no jures, no peques con esposa ajena, no vistas con os-
tentación. Tom tiene frío.

LEAR

¿Tú qué has sido?

EDGAR

Un galán, soberbio de corazón y de ánimo. Me rizaba el
pelo, llevaba guantes en el sombrero, satisfacía el placer
de mi amada y con ella realizaba el acto de las sombras;
mis palabras eran juramentos a los que faltaba ante los ojos
del cielo; mis sueños, fantasías amorosas que practicaba
despierto. El vino, lo adoraba; los dados me apasionaban;
y en cuanto a mujeres, tenía más que un sultán. Falso de
alma, vivo de oído, presto de espada; cerdo en pereza, zorro
en sigilo, lobo en mi gula, perro en mi rabia, león con mi
presa. No entregues tu corazón a mujer por un crujir de za-
patos o de sedas. No pongas el pie en un prostíbulo, la
mano entre unas faldas ni la firma en un pagaré y desafía
al Maligno.

---

[37]   Probable referencia a la miseria y desnudez de Edgar y especialmente
a los pinchos y espinas clavados en sus brazos (recuérdese la descripción an-
ticipada en II.ii, pág. 97).
[38]   Se decía que las crías del pelícano se alimentaban de la sangre de su
madre.

Y el viento aún sopla entre el espino
y dice «hu, hu, ay, ay».
Muchacho, el delfín[39]. ¡Ea! Déjale trotar.

Sigue la tormenta.

LEAR

Mejor estarías en la tumba que aquí con tu cuerpo desnudo
frente al cielo inclemente. ¿El hombre es sólo esto? Miradle
bien. Tú no le debes seda al gusano, piel a la bestia, lana a
la oveja o perfume a la civeta. Ah, aquí estamos tres adulte-
rados; tú eres el ser puro. El hombre desguarnecido no es
más que un pobre animal desnudo y de dos patas como tú.
¡Fuera, fuera con lo prestado! Vamos, desabrochadme.

Entra GLOSTER *con una antorcha.*

BUFÓN

Te lo ruego, abuelo, cálmate. La noche está infame para na-
dar. Un fuego menudo en un páramo es como el corazón de
un viejo verde: una chispa pequeña, y el resto del cuerpo,
apagado. Mirad, aquí viene un fuego fatuo.

EDGAR

Este es el demonio Flibertigibet[40]. Sale al toque de queda y
deambula hasta la medianoche. Produce cataratas, bizquera
y labio leporino; ataca las mieses y mortifica a la pobre criatura de la tierra.

Tres veces al monte salió San Vidal
y al íncubo vio con sus nueve allá;

---

[39]   No se ha dado una explicación satisfactoria de «delfín» en este contexto. Algunos comentadores creen que Edgar se refiere al heredero del trono
de Francia y, en consecuencia, al diablo, teniendo en cuenta el tradicional
odio inglés a los franceses.

[40]   Todos los nombres de los demonios de Edgar proceden del libro *A De-
claration of Eegregious Popishe Impostures,* de Samuel Harsnett, de donde
también provienen otros nombres presentes en la obra, incluido el del bastardo Edmond.

                  le hizo caer,
                  frenó su poder
                  y ordenó: «¡Atrás, demonio, atrás!».

KENT

  ¿Estáis bien, Majestad?

LEAR

  ¿Quién es?

KENT

  ¿Quién va? ¿Qué buscáis?

GLOSTER

  ¿Quiénes sois vosotros? ¿Cómo os llamáis?

EDGAR

  El pobre Tom, que come ranas, sapos, renacuajos, salaman-
dras y tritones; que, con la furia de su pecho, cuando arrecia
el Maligno, hace boca con boñigos, se come las ratas y los
perros muertos, y se traga el verdín del agua estancada; al
que azotan de aldea en aldea, meten en el cepo y en la cárcel; que tuvo tres trajes y seis camisas,

           y montó a caballo, y lució su espada;
           pero los ratones, ratas y alimañas
           llevan siete años siendo su pitanza.

  ¡Cuidado con mi diablo! ¡Calla, Smulkin! ¡Calla, demonio!

GLOSTER

  ¿Vuestra Majestad no encuentra mejor compañía?

EDGAR

  El príncipe de las tinieblas es un caballero. Le llaman Modo
y Mahu.

GLOSTER

  Señor, nuestros hijos degeneran tanto
que odian a quien los engendra.

EDGAR

  El pobre Tom tiene frío.

GLOSTER

  Entrad conmigo. Mi lealtad no me permite
cumplir las órdenes crueles de vuestras hijas.
Aunque me han mandado atrancar las puertas

y dejar que la noche se ensañe con vos,
he osado salir a buscaros
y llevaros donde hay fuego y alimento.

LEAR

Antes dejadme que hable con este filósofo.—
¿Cuál es la causa del trueno?

KENT

Señor, aceptad lo que ofrece, entrad en la casa.

LEAR

Quiero conversar con el sabio griego.—
¿Cuál es vuestra ciencia?

EDGAR

Huir del demonio y matar los bichos.

LEAR

Permitid que hable a solas con vos.

KENT

Señor, insistid en que se vaya.
Le flaquea la razón.

GLOSTER

¿Y qué culpa tiene?

Sigue la tormenta.

Sus hijas desean su muerte. ¡Ay, ya lo decía
el bueno de Kent, pobre desterrado!
Dices que el rey enloquece; que sepas, amigo,
que yo estoy casi loco. Tengo un hijo
del que he renegado. Atentó contra mí
hace poco, muy poco. Amigo, yo le quería
como ningún padre a su hijo. Para serte sincero,
el dolor me ha enajenado. ¡Qué noche esta!
Ruego a Vuestra Majestad...

LEAR

Disculpadme, señor.—
Noble filósofo, venid conmigo.

EDGAR

Tom tiene frío.

GLOSTER

Vamos, entra en la choza a resguardarte.

LEAR

Venga, entremos todos.

KENT

Por aquí, señor.

LEAR

Con él: quiero quedarme con mi filósofo.

KENT

Señor, dadle gusto. Dejad que se venga.

GLOSTER

Pues encárgate de él.

KENT

Tú, vamos. Vente con nosotros.

LEAR

Venid, ateniense.

GLOSTER

No digáis nada. Silencio.

EDGAR

A la torre llegó don Roldán.
Su lema fue siempre: «¡Pim, pom, pam!
A sangre britana huelo ya».

Salen.

III.v   *Entran* CORNWALL *y* EDMOND.

CORNWALL

Me vengaré antes de salir de su casa.

EDMOND

Señor, me da miedo pensar qué dirán de mí por anteponer la
lealtad a los lazos naturales.

CORNWALL

Ahora comprendo que no fue sólo la ruindad de tu hermano lo que le hizo atentar contra él: la muerte que merecía tu padre la provocó su propia maldad.

EDMOND

¡Qué triste es mi suerte, que me hace lamentar mi lealtad! Aquí está la carta de que habló, que demuestra que es espía en beneficio de Francia. ¡Dioses! ¡Ojalá no existiera esta traición o yo no la hubiera descubierto!

CORNWALL

Vamos a ver a la duquesa.

EDMOND

Si lo que dice la carta es verdad, os ha caído un asunto importante.

CORNWALL

Verdad o mentira, te convierte en el Duque de Gloster. Averigua dónde está tu padre, que le detengamos.

EDMOND

[*aparte*] Si le encuentro auxiliando al rey, le dará más motivos al duque.— Proseguiré en mi lealtad para con vos, aunque ello me enfrente con mis sentimientos.

CORNWALL

Tienes mi plena confianza y en mi afecto hallarás un padre más querido.

Salen.

III.vi   *Entran* KENT *y* GLOSTER.

GLOSTER

Aquí se está mejor que a la intemperie; alegraos. Os lo haré más cómodo añadiendo lo que pueda. No tardaré.

KENT

Su razón ha cedido del todo a su arrebato. Los dioses os paguen vuestra bondad.

Sale GLOSTER.
Entran LEAR, EDGAR *y el* BUFÓN.

EDGAR
   Me llama Frateretto y me dice que Nerón pesca en el lago
   de las sombras.— Bobo, tú reza y guárdate del Maligno.
BUFÓN
   Anda, abuelo, dime si un loco es un noble o un burgués.
LEAR
   ¡Un rey, un rey!
BUFÓN
   No: un burgués que tiene un hijo noble, pues tiene que estar
   loco si deja que su hijo se ennoblezca antes que él.
LEAR
   ¡Así vinieran con mil asadores
   al rojo vivo aullando sobre ellas! *.
EDGAR
   ¡Los dioses te lo pagarán!
KENT
   ¡Ah, dolor! Señor, ¿dónde está la paciencia
   de la que tanto os preciabais?
EDGAR [*aparte*]
   Mis lágrimas se ponen tanto de su parte
   que van a estropearme el fingimiento.
LEAR
   Hasta los perrillos —Trío, Blanca
   y Reina—, ¿veis?, todos me ladran.
EDGAR
   Tom va a tirarles su cabeza. ¡Fuera, chuchos!
               Tengas boca blanca o negra,
               que envenena como muerda,
               galgo, mastín o podenco,
               braco, mestizo o sabueso,
               rabicorto o rabilargo,
               Tom te hará salir aullando,
               pues, al tirarles mi crisma,
               todos huyen de estampía.

Titi, titi, titi. ¡Ea! Vete a las fiestas, ferias y mercados. Pobre
Tom, tu cuerno está seco [41].

LEAR

Ahora, que diseccionen a Regan, a ver qué le crece por el
corazón. ¿Hay alguna causa natural para tener tan duro el corazón?— [A EDGAR] Vos, señor, seréis uno de mis cien caballeros. Pero no me gusta vuestro modo de vestir. Diréis
que es un traje persa, pero que os lo cambien.

KENT

Mi señor, acostaos aquí y descansad.

LEAR

No hagáis ruido, no hagáis ruido; corred las cortinas. Así.
Ya cenaremos por la mañana.

BUFÓN

Y yo me acostaré a mediodía.

Entra GLOSTER.

GLOSTER

Ven aquí, amigo. ¿Dónde está el rey, mi señor?

KENT

Aquí, pero dejadle. Ha perdido el juicio.

GLOSTER

Te lo ruego, amigo, llévale en brazos.
He sabido que piensan atentar contra su vida.
Hay lista una litera; llévale a ella
y salid para Dover [42], donde os darán
acogimiento y protección. Lleva a tu amo.

---

[41]   Los mendigos llevaban un cuerno colgado del cuello, que hacían sonar
para anunciar su llegada y en el que la gente les echaba bebida. Como esta es la
última intervención de Edgar en esta escena, algunos comentaristas opinan que
también quiere decir «Te has quedado sin recursos para seguir con tu papel».

[42]   Ciudad portuaria al sureste de Inglaterra, situada en el Paso de Calais
(que los ingleses llaman «Estrecho de Dover»). Es el puerto más próximo
desde Calais y el lugar del desembarco de Cordelia con el ejército francés.

Si te entretienes sólo media hora,
lo pagaréis con la vida él, tú y todos
los que le defiendan. Vamos, llévatelo
y sígueme, que os procure provisiones *.
Vamos, en marcha.

> *Salen*.

III.vii   *Entran* CORNWALL, REGAN, GONERIL, [EDMOND, *el*]
           bastardo y criados.

CORNWALL
[*a* GONERIL] Sal a toda prisa y enseña esta carta [43] a tu esposo mi señor. El ejército francés ha desembarcado.— Vosotros buscad al traidor Gloster.

> [*Salen algunos criados*.]

REGAN
Ahórcalo ahora mismo.
GONERIL
Sácale los ojos.
CORNWALL
Confiadlo a mi cólera. Edmond, acompaña a mi cuñada: la
venganza que debo tomar del traidor de tu padre no te con-
viene presenciarla. Avisa al duque, con quien vas a reunirte,
de que se prepare sin demora; yo haré lo mismo. Nuestros
correos serán rápidos y nos tendrán al corriente. ¡Adiós,
querida cuñada! ¡Adiós, Conde de Gloster!

> *Entra* [OSWALD, *el*] *mayordomo*.

¿Qué hay? ¿Dónde está el rey?

---

[43]   La que Edmond le enseña a Cornwall en III.v (pág. 126), en la que al
parecer el remitente se dirige a Gloster como colaborador de los franceses.

OSWALD
    Se lo ha llevado el Conde de Gloster.
    Unos treinta y cinco de sus hombres le buscaron
    con ahínco y le hallaron a las puertas.
    Con algunos otros vasallos del conde,
    van con él a Dover, donde afirman tener
    amigos muy bien armados.
CORNWALL
    Prepara caballos para tu señora.

    [*Sale* OSWALD.]

GONERIL
    Adiós, mi señor, y hermana.
CORNWALL
    Edmond, adiós.

    Salen GONERIL *y* [EDMOND, *el*] *bastardo.*

    Buscad al traidor Gloster. Maniatadle
    como a un ladrón. Traedle ante mí.
    Aunque no pueda condenarle a muerte
    sin que sea juzgado, mi autoridad
    se plegará a mi furor, que, aunque lo censuren,
    no lo detendrán.

    Entran GLOSTER *y* CRIADOS.

    ¿Quién es? ¿El traidor?
REGAN
    El ingrato zorro.
CORNWALL
    Atadle bien esos brazos secos.
GLOSTER
    ¿Qué os proponéis, Altezas? Amigos míos, pensad
    que sois mis huéspedes. No me ultrajéis.

CORNWALL

Vamos, atadle.

REGAN

Fuerte, fuerte. ¡Ah, miserable traidor!

GLOSTER

No lo soy, señora despiadada.

CORNWALL

Atadle a esta silla. Infame, vas a ver...

[REGAN *le tira de la barba*.]

GLOSTER

Por los dioses clementes, es una vileza
tirarme de la barba.

REGAN

Tan blanca y tú tan traidor.

GLOSTER

Perversa señora, el pelo que me arrancas
de la barba va a cobrar vida y acusarte.
Sois mis huéspedes y no debéis violentar
mi rostro hospitalario cual ladrones.
¿Qué vais a hacer?

CORNWALL

Vamos, ¿qué carta has recibido de Francia?

REGAN

La respuesta, clara, que sabemos la verdad.

CORNWALL

¿Y qué conjura llevas con esos traidores
que han desembarcado en el reino...

REGAN

... y a quienes has confiado al loco del rey?
¡Habla!

GLOSTER

Es una carta que hace suposiciones,
procedente de parte neutral
y no de un contrario.

CORNWALL
  ¡Qué astucia!
REGAN
  ¡Y falsedad!
CORNWALL
  ¿Dónde has mandado al rey?
GLOSTER
  A Dover.
REGAN
  ¿Por qué a Dover? ¿No se te prohibió bajo pena...?
CORNWALL
  ¿Por qué a Dover? Que conteste.
GLOSTER
  Estoy atado al palo; sufriré la embestida.
REGAN
  ¿Por qué a Dover?
GLOSTER
  Porque no quería verte sacándole
  los ojos de anciano con tus crueles uñas,
  ni a tu impía hermana hincándole colmillos
  de fiera en su carne ungida. El mar,
  ante una tormenta como la que sufrió
  su cabeza desnuda en la noche infernal,
  se habría encrespado para apagar las estrellas.
  Mas él, pobre anciano, a la lluvia unía lágrimas.
  Si los lobos hubieran aullado a tu puerta
  en noche tan dura, habrías dicho: «Portero,
  ábreles». El más cruel se aplaca. Mas yo he de ver
  a la alada Venganza caer sobre estas hijas.
CORNWALL
  Nunca lo verás.— Vosotros, sujetad la silla.—
  Voy a pisarte los ojos.
GLOSTER
  ¡Si queréis llegar a viejos, socorredme!—
  ¡Ah, crueldad! ¡Ah, dioses!

REGAN

Un lado se ríe del otro. ¡El otro también!

CORNWALL

Si ves la venganza...

CRIADO

¡Alto, señor! Os he servido desde niño,
pero nunca os presté mejor servicio
que ahora al decir que os detengáis.

REGAN

¿Cómo, perro?

CRIADO

Si tuvierais barba en la cara,
os la arrancaría por esto.— ¿Qué pretendéis?

CORNWALL

¡Villano!

CRIADO

Muy bien, adelante; arriésgate a la furia.

Desenvainan y luchan.
[CORNWALL *es herido.*]

REGAN

Tú, dame tu espada. ¡Atreverse un villano!

Coge la espada y le hiere por la espalda.

CRIADO

¡Ah, me ha matado! Señor, aún os queda un ojo
para ver su desgracia. ¡Ah!

Muere.

CORNWALL

No verá más; yo lo impediré. ¡Fuera, gelatina!
¿Dónde está tu brillo?

GLOSTER

   ¡Todo oscuro y sin consuelo! ¿Dónde está
   mi hijo Edmond? ¡Edmond, aviva
   tu ardor filial y venga este horror!

REGAN

   ¡Calla, infame traidor! Invocas a quien te odia.
   Él fue quien nos reveló tu traición:
   es muy honrado para compadecerte.

GLOSTER

   ¡Necio de mí! Entonces Edgar es la víctima.
   Dioses clementes, perdonadme y socorredle.

REGAN

   Echadle fuera y que el olfato
   le guíe hasta Dover.

Sale [un CRIADO] *con* GLOSTER.

   ¿Qué hay, señor? ¿Qué pasa?

CORNWALL

   Estoy herido. Sígueme, señora.
   ¡Fuera con el vil ciego! Y este villano,
   al estercolero. Regan, me desangro.
   La herida viene a deshora. Deja que me apoye.

Salen*.

IV.i   *Entra* EDGAR.

EDGAR

   Mejor así y saber que te desprecian
   que despreciado y halagado. Ser lo peor,
   lo más bajo y humillado de la suerte,
   es tener una esperanza, vivir sin miedo.
   El cambio doloroso es la caída;
   de lo peor se va al júbilo. Conque, bienvenido,
   aire inmaterial que ahora abrazo.

El desdichado al que empujaste a lo peor
no debe nada a tus ráfagas.

Entra GLOSTER, *guiado por un* ANCIANO.

Pero, ¿quién llega aquí? Mi padre,
con los ojos desgarrados [44]. ¡Ah, mundo, mundo!
Si tus extraños vaivenes no te hicieran
tan odioso, no cederíamos a la muerte.

ANCIANO
    Señor, ¡si he vivido con vos
    y vuestro padre estos ochenta años...!

GLOSTER
    Vete, márchate. Buen amigo, aléjate.
    Tu ayuda no puede servirme de nada
    y a ti podría dañarte.

ANCIANO
    No veis el camino.

GLOSTER
    Estoy sin camino y no necesito ojos.
    Cuando veía, tropecé. Nuestros bienes
    nos vuelven confiados, nuestras carencias
    acaban siendo ventajas. ¡Ah, querido Edgar,
    pasto de la ira de un padre engañado!
    Si vivo para verte por el tacto
    diré que vuelvo a tener ojos.

ANCIANO
    ¿Eh? ¿Quién va?

EDGAR [*aparte*]
    ¡Dioses! ¿Quién dice que he llegado a lo peor?
    Ahora estoy peor que nunca.

ANCIANO
    Es el pobre loco Tom.

---

[44]   Véase nota complementaria en el Apéndice, pág. 199.

EDGAR [*aparte*]
  Y podría estar peor. No estamos en lo peor
  mientras podamos decir que algo es lo peor.
ANCIANO
  Tú, ¿dónde vas?
GLOSTER
  ¿Es un mendigo?
ANCIANO
  Un mendigo loco.
GLOSTER
  Pues le queda juicio, o no podría pedir.
  Anoche, en la tormenta, uno como él
  me hizo pensar que el hombre es un gusano.
  Entonces mi hijo me vino al pensamiento,
  pero mi pensamiento le negaba. Ahora sé
  que somos para los dioses como las moscas
  para los niños: nos matan por diversión.
EDGAR
  [*aparte*] ¿Cómo ha sucedido? Mala cosa es
  tener que hacer el loco con el afligido,
  para enojo propio y ajeno.
  [*Acercándose*] ¡Los dioses te lo pagarán!
GLOSTER
  ¿Es el que va desnudo?
ANCIANO
  Sí, señor.
GLOSTER
  Entonces márchate. Por mí y nuestro afecto,
  alcánzanos si quieres de aquí
  a una o dos millas por el camino de Dover,
  y trae alguna ropa para el pobre desnudo,
  a quien le pediré que me guíe.
ANCIANO
  Pero, señor, ¡si está loco!
GLOSTER
  Es un mal de este mundo que los locos

guíen a los ciegos. Haz lo que te digo
o haz lo que te plazca. Sobre todo, vete.

ANCIANO

Pase lo que pase, le traeré
la mejor ropa que tenga.

Sale.

GLOSTER

¡Eh, tú, el que va desnudo!

EDGAR

El pobre Tom tiene frío.
[*Aparte*] No puedo seguir fingiendo.

GLOSTER

Ven aquí, amigo.

EDGAR

[*aparte*] Pero he de seguir.—
¡Benditos tus ojos, te sangran!

GLOSTER

¿Conoces el camino de Dover?

EDGAR

El de herradura y la senda, con sus puertas y barreras. Al
pobre Tom se le va la cabeza del miedo. ¡Los dioses te guar-
darán del Maligno, hijo de bien!*.

GLOSTER

Aquí tienes mi bolsa; tú, humillado
por los golpes y males de los cielos.
Junto a mi desgracia, tú quedas mejor.—
¡Dioses, obrad siempre así! ¡Que el hombre
atiborrado y opulento, que avasalla
vuestras leyes, que no ve porque no siente,
no tarde en sentir vuestro poder!
Que la distribución anule lo superfluo
y todos tengan suficiente.— ¿Conoces Dover?

EDGAR

Sí, amo.

GLOSTER
Hay allí un acantilado, cuya cumbre
se inclina intimidante sobre el mar encerrado [45].
Llévame hasta el borde, que yo aliviaré
con algo valioso la miseria que soportas.
Desde allí no hará falta que me guíen.
EDGAR
Apóyate en mí. El pobre Tom te llevará.

   Salen.

IV.ii   *Entran* GONERIL *y* [EDMOND, *el*] *bastardo.*

GONERIL
Bienvenido, señor. Me asombra que mi plácido esposo
no saliera a nuestro encuentro.

   Entra [OSWALD, *el*] *mayordomo.*

¿Dónde está tu señor?
OSWALD
Dentro, señora; pero está desconocido.
Le hablé del ejército que ha desembarcado
y sonrió. Le dije que veníais.
Contestó: «Aún peor». Cuando le informé
de la traición de Gloster y la lealtad de su hijo,
me llamó idiota y me dijo que entendía
las cosas al revés. Lo que debe disgustarle,
le agrada, y lo que debe gustarle, le ofende.
GONERIL [*a* EDMOND]
Entonces no sigas adelante.
Su espíritu cobarde y apocado no le deja

---

[45]   «Encerrado» en el Estrecho de Dover o Paso de Calais (véase nota 42,
pág. 128).

emprender ninguna acción: si ha de responder,
nunca se ofende. Lo que planeábamos
por el camino, puede realizarse. Edmond,
vuelve con mi cuñado. Apresura la recluta
y manda sus fuerzas. Yo tengo que hacer
un cambio de armas y dejar la rueca
en manos de mi esposo. Este fiel criado
será nuestro correo. Si no temes hacerte
un favor a ti mismo, pronto conocerás
el deseo de una mujer. Lleva esto; no hables.
Baja la cabeza. Este beso, si osara hablar,
llevaría tus sentidos hasta el cielo.
Piénsalo, y buena suerte.

EDMOND

Vuestro hasta el final.

Sale.

GONERIL

¡Queridísimo Gloster!—
¡Qué diferencia entre hombre y hombre!
Sea tuyo el favor de una mujer:
mi cuerpo lo usurpa un bobo.

OSWALD

Señora, aquí llega mi señor.

Sale.
Entra ALBANY.

GONERIL

Entonces... merezco que me mires.

ALBANY

Ah, Goneril, no mereces ni el polvo
que el áspero viento te sopla a la cara *.

GONERIL

Hombre sin hígados, tu mejilla y tu cabeza
sólo están para sufrir golpes y desmanes.
Sin ojos en la cara que distingan
entre tu honra y tu infamia*.

ALBANY

¡Mírate, demonio! La perversidad
no horroriza tanto en el diablo
como en la mujer.

GONERIL

¡Ah, pobre imbécil!*.

Entra un MENSAJERO.

MENSAJERO

Ah, señor, el Duque de Cornwall ha muerto
a manos de un criado, cuando iba
a sacarle el otro ojo a Gloster.

ALBANY

¿Los ojos a Gloster?

MENSAJERO

Uno de sus criados, movido a compasión,
se opuso a ello y empuñó la espada
contra su señor, que, enfurecido,
le atacó y entre ellos le mataron [46],
mas no sin recibir el golpe fatal
que después segó su vida.

ALBANY

Esto demuestra que existís,
jueces del cielo, pues vengáis sin tardanza
nuestros crímenes. ¡Ah, pobre Gloster!
¿Y perdió los dos ojos?

---

[46]   Esta versión no coincide exactamente con lo que se lee en III.vii (véase
pág. 133).

MENSAJERO

Los dos, señor.— Señora,
esta carta exige una pronta respuesta.
Es de vuestra hermana.

GONERIL

[*aparte*] Por un lado, esto me gusta;
mas, siendo ella viuda y estando allí Gloster,
los sueños que me había forjado
podrían caer sobre mi odiosa existencia.
Por el otro, la noticia no es tan grave.—
[*Al* MENSAJERO] La leeré y contestaré.

Sale.

ALBANY

¿Dónde estaba su hijo cuando le sacaron los ojos?

MENSAJERO

Venía hacia aquí con mi señora.

ALBANY

Aquí no está.

MENSAJERO

No, mi señor. Me crucé con él cuando volvía.

ALBANY

¿Sabe algo de esta iniquidad?

MENSAJERO

Sí, señor. Él fue quien le delató,
y salió de la casa para que el castigo
tuviera el campo más libre.

ALBANY

Gloster, vivo para agradecerte
el afecto que has mostrado al rey
y para vengar tus ojos.— Vamos, amigo;
cuéntame todo lo que sepas.

Salen*.

IV.iii   *Entran, con tambores y bandera,* CORDELIA, CABA-
          LLEROS *y soldados.*

CORDELIA
    ¡Ah, es él! Acaban de encontrarle,
    más loco que la mar enfurecida,
    cantando a voz en grito, coronado de fumaria
    y de grama; bardana, cicuta, ortigas,
    cardamina, cizaña y toda mala hierba
    que crece con el trigo que nos nutre.—
    Enviad una centuria; buscad
    entre la mies sin dejar un solo campo
    y traedle que le vea.

                    [*Salen los soldados.*]

    ¿Qué puede hacer la ciencia humana
    para devolverle la razón? Quien le cure,
    tendrá toda mi riqueza.
CABALLERO
    Señora, hay un medio.
    Nuestra nodriza natural es el reposo,
    y él lo necesita. Para provocarlo,
    hay muchas hierbas que tienen la virtud
    de cerrarle los ojos al dolor.
CORDELIA
    Secretos benditos, ignorados remedios
    de la tierra, ¡brotad con mi llanto!
    ¡Socorred y sanad a un hombre bueno
    en su congoja!— Buscad, buscadle, no sea
    que su indómito delirio malogre una vida
    que no puede regirse.

                    Entra un MENSAJERO.

MENSAJERO

Señora, noticias. Las tropas británicas
avanzan hacia aquí.

CORDELIA

Ya se sabía. Nuestro ejército
está a la espera.— ¡Ah, querido padre,
tu causa es lo que me mueve!
Por eso el Rey de Francia se ha compadecido
de mis lágrimas de súplica y tristeza.
No me incita a las armas la ambición;
sólo el amor y el derecho de mi anciano padre.
¡Ojalá le vea y oiga pronto!

Salen.

IV.iv   *Entran* REGAN *y* [OSWALD, *el*] *mayordomo.*

REGAN

Pero, ¿están en marcha las tropas de Albany?

OSWALD

Sí, señora.

REGAN

¿Con él en persona?

OSWALD

Señora, tras muchos remilgos.
Vuestra hermana es mejor soldado.

REGAN

¿No habló con tu señor el conde Edmond?

OSWALD

No, señora.

REGAN

¿Qué le dirá mi hermana en esa carta?

OSWALD

No sé, señora.

REGAN

Pues salió a toda prisa por algo importante.
Después de sacarle los ojos a Gloster,
dejarle con vida fue una gran torpeza.
Donde va, indispone a todos con nosotros.
Creo que Edmond, apenado por su suerte,
salió para acabar con su negra existencia;
y también a examinar las tropas enemigas.

OSWALD

Señora, tengo que ir tras él con esta carta.

REGAN

Nuestras fuerzas salen mañana. Quédate.
Hay peligro en los caminos.

OSWALD

Señora, no puedo. Mi señora
me encareció la importancia de este asunto.

REGAN

¿Por qué le escribe a Edmond? ¿No podías
llevarle su mensaje de palabra?
Tal vez... ciertas cosas... no sé. Te querré bien:
déjame que abra la carta.

OSWALD

Señora, preferiría...

REGAN

Sé que tu ama no quiere a su marido;
estoy segura. Y, cuando hace poco estuvo aquí,
dirigió al noble Edmond elocuentes
miradas amorosas. Sé que eres su confidente.

OSWALD

¿Yo, señora?

REGAN

Yo sé lo que me digo. Lo eres; lo sé.
Por eso te aconsejo que me atiendas.
Mi esposo ha muerto. Edmond y yo lo hemos hablado,
y él es más apropiado para mí
que para tu señora. Lo demás lo imaginas.

Si le encuentras, dale esto, te lo ruego.
Y cuando informes de todo esto a tu ama,
pídele que se ponga en razón.
Ahora te dejo. Por si fueses
a encontrarte con el ciego traidor,
habrá recompensa para quien le mate.

OSWALD

Ojalá diera con él, señora! Así
se vería de qué lado estoy.

REGAN

Buena suerte.

Salen.

IV.v   *Entran* GLOSTER *y* EDGAR [*vestido de labriego*].

GLOSTER

¿Cuándo llegaremos a lo alto del monte?

EDGAR

Lo estamos subiendo. Mirad lo que cuesta.

GLOSTER

El terreno me parece llano.

EDGAR

Muy empinado. ¡Eh! ¿Oís el mar?

GLOSTER

Francamente, no.

EDGAR

Entonces vuestros otros sentidos
se embotan del dolor de vuestros ojos.

GLOSTER

Puede que sí. Me parece
que tu voz ha cambiado y que ahora
te expresas mejor y con más sentido.

EDGAR

Os equivocáis. En nada he cambiado,
salvo en la ropa.

GLOSTER

Yo creo que hablas mejor.

EDGAR

Venid. Este es el lugar. ¡Quieto! ¡Qué espanto
y qué vértigo da mirar al fondo!
Los cuervos y chovas que vuelan ahí a media altura
se ven como escarabajos. Colgado en la roca
hay un hombre cogiendo hinojo. ¡Temible labor!
No parece mayor que su cabeza.
Los pescadores que van por la playa
semejan ratones, y ese regio navío
allá fondeado se ha reducido a su bote,
y el bote, a boya que apenas se ve.
Desde tanta altura no se oye el bramar
de las olas contra las piedras sin cuento.
No voy a mirar más, no sea que la cabeza
me dé vueltas y, al fallarme la vista,
me haga caer.

GLOSTER

Llévame donde estás.

EDGAR

Dadme la mano. Ahora estáis
a un pie del borde. Yo aquí no daría
un salto por nada del mundo.

GLOSTER

Suéltame la mano. Amigo, aquí tienes
otra bolsa; dentro hay una joya
muy valiosa para un pobre. ¡Que hadas y dioses
te la multipliquen! Ahora, apártate.
Despídete de mí, y que te oiga alejarte.

EDGAR

Adiós, mi buen señor.

GLOSTER

De todo corazón.

EDGAR [*aparte*]

Si juego así con su angustia,
es para curarla.

GLOSTER
    ¡Dioses omnipotentes!

        Se arrodilla.

    Renuncio a este mundo y, ante vuestros ojos,
    calladamente me libro de mi gran dolor.
    Si pudiera sufrirlo sin llegar a oponerme
    a vuestra voluntad irresistible,
    la débil llama de mi vida repugnante
    se apagaría por sí sola. Si aún vive Edgar,
    bendecidle. Ahora, amigo, adiós.
EDGAR
    Me he ido, señor. Adiós.

        GLOSTER *cae* [*al suelo boca abajo*].

    No sé si la imaginación puede robar
    el tesoro de la vida, cuando la vida misma
    accede al robo. Si estuviera él donde pensaba,
    ahora ya no pensaría. ¿Vivo o muerto?—
    ¡Eh, señor! ¡Amigo! ¿Me oís, señor? ¡Hablad!—
    Acaso haya muerto. Pero revive.—
    ¿Quién sois, señor?
GLOSTER
    Fuera, dejadme morir.
EDGAR
    Si no fuerais gasa, pluma, aire,
    al despeñaros desde tal altura,
    os habríais estrellado como un huevo.
    Pero respiráis, tenéis consistencia,
    no sangráis, habláis, estáis ileso.
    Diez mástiles no alcanzan la cumbre
    desde la que habéis caído a plomo.
    Que estéis vivo es milagro. Decid algo más.

GLOSTER

Pero, ¿he caído o no? [47].

EDGAR

De lo más alto de la muralla caliza.
Mirad hacia arriba. Desde aquí no se ve ni se oye
la gárrula alondra. Pero mirad arriba.

GLOSTER

¡Ay de mí, no tengo ojos! ¿Acaso
se nos niega el beneficio de poner fin
a la desgracia con la muerte? Aún se consolaba
el vencido burlando el furor del tirano
y frustrando su altiva voluntad [48].

EDGAR

Dadme la mano. Arriba, así. ¿Qué tal?
¿Sentís las piernas? Estáis de pie.

GLOSTER

Demasiado bien estoy.

EDGAR

Es más que un prodigio. En la cima de la roca,
¿qué fue lo que se apartó de vos?

GLOSTER

Un pobre y mísero mendigo.

EDGAR

Desde aquí abajo parecía que sus ojos
eran dos lunas llenas. Tenía mil narices,
cuernos curvos y enroscados como el mar bravío.
Era algún demonio. Así que, anciano afortunado,
pensad que los dioses gloriosos, cuyos portentos
nos mueven a reverencia, os han salvado.

GLOSTER

Ahora recuerdo. En adelante soportaré
mi dolor hasta que se canse y se muera.
Al ser de que habláis lo tomé por un hombre.

---

[47]   Véase nota complementaria en el Apéndice, pág. 200.
[48]   Es decir, suicidándose antes que dejarse capturar por el vencedor.

Solía decir: «El Maligno, el Maligno».
Él me trajo a este lugar.

EDGAR

Liberad y calmad vuestro ánimo.

Entra LEAR, *loco*.

Pero, ¿quién llega aquí? La cordura
no nos deja vestirnos así [49].

LEAR

No, no me detendrán por acuñar moneda. Yo soy el rey.

EDGAR

¡Ah, escena dolorosa!

LEAR

En esto la naturaleza supera al arte. Toma tu prima de en-
ganche.— Ese maneja el arco como un espantacuervos.
Ténsamelo una vara.— Mira, mira, un ratón. ¡Chsss...! Ser-
virá este trozo de queso tostado.— Ahí va mi guante: lo demostraré con un jayán.— ¡Aquí los alabarderos!— ¡Ah, así
se vuela, pájaro! ¡Diana, diana! ¡Fíu!— La contraseña.

EDGAR

Mejorana.

LEAR

Adelante.

GLOSTER

Esa voz la conozco.

LEAR

¡Vaya! ¡Goneril con barba blanca! Me adularon como perros zalameros, diciendo que tenía pelos blancos en la barba
antes que me salieran los negros. Decir sí y no cada vez que
yo decía sí y no es mala teología [50]. Cuando vino la lluvia y

---

[49]   Recuérdese la descripción que hace Cordelia de su padre al comienzo
de IV.iii (pág. 142). Algunos editores añaden a la acotación precedente que
Lear va coronado de hierbas y flores.

[50]   Eco de varios pasajes del Nuevo Testamento contra las respuestas
equívocas o ambiguas.

me mojó, y el viento me hizo tiritar; cuando el trueno no
callaba a pesar de mis órdenes, ahí los pillé, ahí los calé.
Claro, no son hombres de palabra. Me decían que yo lo era
todo. Mentira: no soy inmune a las fiebres.

GLOSTER

Ese tono de voz lo recuerdo.
¿No es el rey?

LEAR

Sí, un rey por entero.
Si miro ceñudo, el súbdito tiembla.
A ese le perdono la vida. ¿De qué se te acusa?
¿De adulterio? No morirás. ¿Morir por adúltero?
No: goza el gorrión y hasta la mosca dorada
se aparea en mi presencia. Que cunda el fornicio,
pues el hijo bastardo de Gloster
fue más bueno con él que conmigo mis hijas,
engendradas en legítimo lecho.
¡Vamos, lujuria, a montón, que me faltan tropas!
Mirad esa dama gazmoña, cuyo gesto
anuncia hielo entre las piernas,
que afecta virtud y menea la cabeza
si oye hablar del placer.
Ni zorra, ni semental bien nutrido
se entregan con más desenfreno.
De cintura para abajo son centauros,
aunque sean mujeres por arriba.
Hasta el talle gobiernan los dioses;
hacia abajo, los demonios.
Ahí está el infierno, las tinieblas, el pozo sulfúreo, ardiendo,
quemando; peste, podredumbre. ¡Qué asco, qué asco! ¡Uf,
uf! Boticario, dame una onza de algalia, que me perfume la
imaginación. Aquí tienes dinero.

GLOSTER

¡Ah, dejad que os bese la mano!

LEAR

Antes deja que la limpie; huele a mortalidad.

GLOSTER

¡Ah, criatura destrozada! Así llegará
a su fin el universo.— ¿No me conocéis?

LEAR

Me acuerdo muy bien de tus ojos. ¿Me los guiñas? No, haz
lo imposible, ciego Cupido, que no pienso amar. Lee este
desafío; mira cómo está escrito.

GLOSTER

Aunque las letras fueran soles, no las vería.

EDGAR [*aparte*]

Si lo contasen, no me lo creería. Pero es cierto,
y me parte el corazón.

LEAR

Lee.

GLOSTER

¿Cómo? ¿Con qué ojos?

LEAR

¡Ajá! ¿Es eso? ¿Sin ojos en la cara, ni dinero en la bolsa?
Lo verás todo negro y andarás sin blanca; ya ves cómo va el
mundo.

GLOSTER

Lo veo sintiéndolo.

LEAR

¿Estás loco? Se puede ver cómo va el mundo sin tener ojos:
mira con los oídos. Ve cómo ese juez maldice a ese pobre
ladrón [51]. Un leve susurro, cambias los papeles y, china,
china, ¿quién es el juez y quién el ladrón? ¿Tú has visto a
algún perro guardián ladrar a un mendigo?

GLOSTER

Sí, señor.

---

[51] Seguramente Lear hace esta alusión al soborno de un juez como si es-
tuviera dando la china, es decir, poniendo las manos detrás de la espalda y
fingiendo cambiar «la china» de una mano a otra para, a continuación, mostrar las manos cerradas y preguntar en cuál está el objeto.

LEAR

Y el pobre hombre huye del chucho. Ahí tienes la imagen
perfecta de la autoridad: al perro le obedecen por su
cargo.—
Esbirro canalla, detén tu mano sangrienta.
¿Por qué azotas a esa puta? Desnuda tu espalda.
Ardes en deseos de hacer con la moza
lo que la condena. El usurero ahorca al ratero.
Los harapos dejan ver grandes vicios;
togas y pieles lo tapan todo. Acoraza de oro
el pecado, y la sólida lanza de la ley
se parte sin herir; cúbrelo de andrajos,
y lo traspasa la pica de un pigmeo.
Nadie infringe nada, nadie; yo respondo.
Tú hazme caso, amigo, que yo puedo
silenciar al acusador. Ponte ojos de cristal
y, como el vil marrullero, aparenta
ver lo que no ves.— ¡Vamos, vamos, vamos!
Quítame las botas. ¡Más fuerte, más fuerte! Así.

EDGAR

¡Qué mezcla de razón e incoherencia!
¡Juicio en la locura!

LEAR

Si quieres llorar mi desgracia, toma mis ojos.
Te conozco muy bien; te llamas Gloster.
Sé paciente: nacimos llorando.
La primera vez que olemos el aire,
gemimos y lloramos. Voy a predicarte. ¡Atención!

GLOSTER

¡Ah, qué pena, qué pena!

LEAR

Al nacer, lloramos por haber venido
a este gran teatro de locos.— ¡Buen sombrero!
Sería una treta sutil herrar con fieltro
un escuadrón de caballería. Haré la prueba

y, cuando sigiloso me acerque a mis yernos,
¡muerte, muerte, muerte, muerte, muerte!

Entra un CABALLERO [*con soldados*].

CABALLERO
   ¡Ah, aquí está! Prendedle.— Señor,
   vuestra tierna hija...
LEAR
   ¿No hay socorro? ¿Prisionero? Nací
   juguete de la suerte. Tratadme bien:
   habrá rescate. Quiero médicos.
   Me he partido la cabeza.
CABALLERO
   Tendréis lo que queráis.
LEAR
   ¿No me defienden? ¿Yo solo?
   Es para derramar amargas lágrimas
   y regar un jardín con tanto llanto *.
   Resistiré hasta el final, como novio gallardo
   en noche de bodas. Me pondré jovial.
   Vamos, vamos, soy rey. ¿No lo sabéis, señores?
CABALLERO
   Sois todo un rey y os obedecemos.
LEAR
   Entonces hay esperanza. Vamos; si lo queréis, tendréis que
   cazarlo. Sa, sa, sa, sa.

Sale corriendo [*seguido por los soldados*].

CABALLERO
   Una escena dolorosa con el ser más mísero;
   con un rey no hay palabras.— Tenéis una hija
   que redime a la humanidad de la maldición
   que las otras dos le acarrearon.

EDGAR

Salud, noble señor.

CABALLERO

Los dioses os guarden. ¿Qué deseáis?

EDGAR

Señor, ¿sabéis algo de una batalla inminente?

CABALLERO

Que es cierto y notorio. Lo sabe cualquiera
que tenga oídos.

EDGAR

Permitidme. ¿Está cerca el otro ejército?

CABALLERO

Muy cerca y marcha muy rápido. El grueso
podrá divisarse de un momento a otro.

EDGAR

Gracias, señor. Nada más.

CABALLERO

La reina se queda por motivos especiales,
pero sus tropas avanzan.

EDGAR

Gracias, señor.

Sale [*el* CABALLERO].

GLOSTER

Dioses piadosos, vuestra es mi vida.
No dejéis que mi mal espíritu me tiente
a morir antes que vosotros lo queráis.

EDGAR

Buena oración, anciano.

GLOSTER

Señor, ¿quién sois vos?

EDGAR

Un humilde rendido a los golpes de la suerte,
que, viviendo y pasando sufrimientos,

se inclinó a la compasión. Dadme la mano;
os buscaré algún refugio.

GLOSTER

Gracias de corazón, y con ellas la merced
y bendición de los cielos.

*Entra [*OSWALD, *el*] *mayordomo.*

OSWALD

¡Su cabeza puesta a precio! ¡Qué suerte!
Esa cara sin ojos se hizo carne
para darme fortuna.— Mísero y viejo traidor,
reza de prisa: aquí está la espada
que ha de matarte.

GLOSTER

Hiera fuerte tu mano benéfica.

OSWALD

¿Y tú cómo te atreves, patán insolente,
a defender a un traidor proscrito? Vete,
no sea que la infección de su fortuna
te contagie. ¡Suéltale el brazo!

EDGAR

No se lo suelto, señor, si no veo motivo.

OSWALD

¡Suéltalo, villano, o te mato!

EDGAR

Caballero, seguid vuestra senda y dejadnos pasar a los pobres. Si pudieran matarme con bravatas, hace semanas que
habría muerto. No, no os acerquéis al anciano. Os lo aviso:
apartaos o veremos cuál es más dura, mi tranca o vuestra
crisma. He hablado claro.

OSWALD

¡Fuera, palurdo!

Luchan.

EDGAR

Yo os mondaré los dientes. Vamos, las estocadas no me
asustan.

OSWALD

Plebeyo, me has matado. Villano, coge mi bolsa.
Si quieres mejorar, entierra mi cadáver
y entrega la carta que llevo conmigo
a Edmond, Conde de Gloster. Búscale
en el lado británico. ¡Ah, muerte
inesperada, muerte...!

Muere.

EDGAR

Sé quién eres: un canalla diligente,
tan cumplidor con los vicios de tu ama
como quiere la maldad.

GLOSTER

¿Ha muerto?

EDGAR

Sentaos, anciano. Descansad.—
A ver los bolsillos. La carta que dice
puede serme útil. Está muerto. Sólo siento
que no haya tenido otro verdugo. A ver.
Con permiso del lacre; cortesía, no me acuses.
Para saber el plan del enemigo,
le abrimos el pecho; abrir cartas es más lícito.

Lee la carta.

«Recordemos nuestras recíprocas promesas. Tienes muchas
oportunidades de acabar con él [52]; si no te falta voluntad, la
hora y el lugar se te ofrecerán en abundancia. Si regresa victorioso, no hay nada que hacer. Yo seré su prisionera, y

---

[52]   Albany, el marido de Goneril.

nuestro lecho, mi cárcel. Líbrame de su calor repugnante
y que tu esfuerzo ocupe su lugar.
　　　　Tu (esposa, quisiera yo)
　　　　devota amada *,
　　　　　　　　Goneril».
¡Ah, deseo ilimitado de mujer!
¡Tramar contra la vida de su esposo,
y mi hermano, el sustituto!— Te enterraré
aquí, en la arena, impío emisario
de rijosos asesinos y, en su momento,
pondré este vil mensaje ante los ojos
del duque amenazado. Para él es una suerte
que yo pueda informarle de tu carta y tu muerte.

GLOSTER

El rey está loco. ¡Qué terco es mi sentido,
que sigo en pie y con plena conciencia
de mi inmenso mal! Mejor ser un loco:
mis pensamientos estarían separados
de mis penas, y en mi delirio los pesares
dejarían de conocerse.

　　　　Tambores a lo lejos.

EDGAR

Dadme la mano. Me parece que oigo
redoblar a lo lejos el tambor.
Vamos, anciano, os dejaré con un amigo.

　　　　Salen.

IV.vi　　*Entran* CORDELIA, KENT *y un* CABALLERO.

CORDELIA

¡Ah, querido Kent! ¿Cómo podré vivir
para igualar tu bondad? Mi vida será corta
y mi medida no alcanza.

KENT

Vuestra aprobación me paga con creces.
Mi relato responde a la verdad
tal como es; ni más, ni menos.

CORDELIA

Vístete mejor. Tu ropa es el recuerdo
de esas malas horas. Te lo ruego, cámbiate.

KENT

Señora, perdonad. Darme a conocer ahora
estorbaría mi plan. Os suplico:
no me conozcáis hasta que lo crea oportuno.

CORDELIA

Muy bien, señor.— ¿Cómo está el rey?

CABALLERO

Aún duerme, señora.

CORDELIA

¡Dioses clementes, curad la grave herida
de su naturaleza lastimada!
¡Templad los sentidos discordantes
de este padre vuelto niño!

CABALLERO

¿Permite Vuestra Majestad,
que despertemos al rey? Ha dormido mucho.

CORDELIA

Obrad según vuestro saber
y haced vuestra voluntad. ¿Está vestido?

CABALLERO

Sí, señora. En su sueño profundo
le pusimos otra ropa.

Entra LEAR *en un sillón, llevado por criados.*

Estad cerca, señora, cuando le despertemos.
Seguro que se habrá calmado *.

CORDELIA

¡Ah, padre querido! Curación, en mis labios
pon tu medicina, y que este beso

repare las crueldades que mis dos hermanas
infligieron a tu reverencia.

KENT

¡Tierna y dulce princesa!

CORDELIA

Aunque no fueras su padre, tu níveo cabello
reclamaba compasión. ¿Podía afrontar
esta cara los vientos hostiles?*.
Aunque me hubiese mordido,
el perro de mi enemigo habría pasado
esa noche en mi casa junto al fuego.
¿Y te forzaron, pobre padre, a guarecerte
con cerdos y con vagabundos desechados,
sobre paja menuda y enmohecida?
¡Ay de mí! Asombra que no cesaran a la vez
tu vida y tu cordura.— Se despierta. Habladle.

CABALLERO

Hacedlo vos, señora. Es lo mejor.

CORDELIA

¿Cómo está mi rey y señor? ¿Cómo estáis, Majestad?

LEAR

Sois injustos al sacarme de la tumba.
Tú eres un alma en la gloria, pero yo
estoy atado a una rueda de fuego y las lágrimas
me abrasan como plomo fundido.

CORDELIA

¿Me conocéis, señor?

LEAR

Eres un espíritu, lo sé. ¿Dónde has muerto?

CORDELIA

Aún desvaría.

CABALLERO

Está apenas despierto. Dejadle un instante.

LEAR

¿Dónde he estado? ¿Dónde estoy? ¿Es de día?
Estoy aturdido. Me moriría de pena
de ver así a otro. No sé qué decir.

No puedo jurar que estas sean mis manos.
A ver. Siento el pinchazo. ¡Ojalá
pudiera estar seguro de mi estado!

CORDELIA

Miradme, señor, y extended
vuestra mano para bendecirme.
¡No os arrodilléis!

LEAR

No te burles de mí, te lo ruego.
Sólo soy un anciano que chochea,
los ochenta ya pasados, ni un día menos,
y, hablando con franqueza,
me temo que no estoy en mi juicio.
Creo que te conozco, a ti y a este hombre,
pero tengo dudas, pues ignoro
qué lugar es este y, por más que lo intento,
no recuerdo esta ropa; ni tampoco sé
dónde pasé la noche. No os riáis de mí,
pues, tan verdad como que soy hombre, creo
que esta dama es mi hija Cordelia.

CORDELIA

Soy yo, soy yo.

LEAR

¿Mojan tus lágrimas? Sí, cierto. No llores,
te lo ruego. Si me guardas veneno, me lo beberé.
Sé que no me quieres. Tus hermanas,
ahora lo recuerdo, me han tratado mal.
Tú tienes motivo; ellas, no.

CORDELIA

Motivo, ninguno; ninguno.

LEAR

¿Estoy en Francia?

KENT

En vuestro reino, señor.

LEAR

No os burléis.

CABALLERO

Alegraos, señora. Veis que su furor
ya se ha apagado*. Pedidle que entre;
no le molestéis hasta que esté más sereno.

CORDELIA

¿Desea venir Vuestra Majestad?

LEAR

Sé paciente conmigo. Olvida y perdona,
te lo ruego. Soy un viejo tonto.

Salen*.

V.i   *Entran, con tambores y bandera,* EDMOND, REGAN, *caballeros y soldados.*

EDMOND

Preguntad al duque si mantiene
su último propósito o si desde entonces
ha cambiado de idea.— Está muy vacilante
y aprensivo.— Traedme su firme decisión.

[*Sale un caballero.*]

REGAN

Algo le ha ocurrido al criado de mi hermana.

EDMOND

Eso me temo, señora.

REGAN

Y ahora, mi señor, ya sabes el bien
que pienso hacerte. Dime la verdad,
por amarga que sea: ¿No quieres a mi hermana?

EDMOND

De un modo honorable.

REGAN

¿Y no has llegado nunca por la vía
de mi cuñado al lugar prohibido?*.

EDMOND

No, señora, por mi honor.

REGAN

No lo soportaría. Mi querido señor,
no intimes con ella.

EDMOND

Descuidad. Ella y su esposo el duque...

> *Entran, con tambores y bandera,* ALBANY, GO-
> NERIL *y soldados* *.

ALBANY

Muy querida hermana, mis saludos.
Señor, me dicen que el rey está con su hija
y otros a quienes el rigor de nuestro Estado
ha obligado a sublevarse *.

REGAN

¿A qué viene eso?

GONERIL

Uníos contra el enemigo.
La disputa familiar y personal
no es ahora nuestro objeto.

ALBANY

Entonces decidamos la estrategia
con los soldados más expertos *.

REGAN

Hermana, ¿vienes conmigo?

GONERIL

No.

REGAN

Sería lo más propio. Anda, acompáñame.

GONERIL

[*aparte*] ¡Ah, ya sé tu juego!
[*A* REGAN] Voy contigo.

Salen los dos ejércitos.
Entra EDGAR.

EDGAR [*a* ALBANY]
Si Vuestra Alteza ha conversado
con pobres como yo, oídme un momento.
ALBANY
[*a los demás*] Ahora os alcanzo.— Habla.
EDGAR
Antes de entrar en combate, abrid esta carta.
Si salís victorioso, que llame la trompeta
al que la trajo. Aun pareciendo tan mísero,
presentaré un paladín que probará
lo que en ella se dice. Si perdéis,
concluirá todo trato con el mundo
y cesará toda intriga. La fortuna os sonría.
ALBANY
Espera a que lea la carta.
EDGAR
Me lo han prohibido. Cuando sea el momento,
que el heraldo lo proclame y yo acudiré.
ALBANY
Entonces, adiós. Leeré tu carta.

Sale [EDGAR].
Entra EDMOND.

EDMOND
El enemigo está a la vista. Presentad batalla.
Aquí tenéis el cálculo de sus fuerzas
tras activo reconocimiento. Mas ahora
se impone la presteza.
ALBANY
No me haré esperar.

Sale.

EDMOND

Mi amor he jurado a estas dos hermanas,
cada una recelosa de la otra,
igual que de la víbora su víctima. ¿Con cuál
me quedaré? ¿Con ambas, una o ninguna?
A ninguna gozaré si ambas siguen vivas.
Si me quedo con la viuda, se enfurece
y enloquece Goneril, y su parte no podré
ganarla mientras viva su marido. Entonces,
que ejerza autoridad en la batalla; concluida,
la que de él quiera librarse, que planee
cómo le elimina cuanto antes. Y la clemencia
que piensa demostrar con Lear y Cordelia,
con ellos apresados después de la batalla,
no se concederá. Mi posición
exige hechos, no cavilación.

Sale.

V.ii   *Fragor de batalla dentro. Cruzan el escenario, con tam-*
        bores y bandera, LEAR, CORDELIA *y soldados, y salen.*
        Entran EDGAR *y* GLOSTER.

EDGAR

Aquí, anciano; cobijaos bajo la sombra
de este árbol. Rezad por que venza el justo.
Si logro volver con vos,
os traeré consuelo.

GLOSTER

¡La gracia divina sea con vos!

Sale [EDGAR].
Fragor de batalla y toque de retreta dentro. En-
tra EDGAR.

EDGAR

   ¡Vámonos, anciano! ¡Dadme la mano, vamos!
   El rey Lear ha perdido. Él y su hija están presos.
   Dadme la mano, vamos.

GLOSTER

   No nos vayamos, señor: para pudrirse, esto vale.

EDGAR

   ¿Otra vez desanimado? El hombre ha de sufrir
   el dejar este mundo igual que el haber venido.
   La madurez lo es todo. Vamos.

GLOSTER

   También eso es cierto.

      Salen.

V.iii   *Entra victorioso* EDMOND, *con tambores y bandera;*
      LEAR *y* CORDELIA, *prisioneros; soldados; un* CAPITÁN.

EDMOND

   Que varios oficiales se los lleven.
   Vigiladlos, hasta que se conozcan los deseos
   de quien tiene poder para juzgarlos.

CORDELIA

   No somos los primeros que, anhelando
   lo bueno, sufrimos lo peor. Por vos,
   rey humillado, me veo desconsolada,
   pues yo rendiría el ceño de la falsa Fortuna.
   ¿No vamos a ver a estas hijas y hermanas?

LEAR

   No, no, no, no. Ven, vamos a la cárcel.
   Cantaremos como pájaros en jaula.
   Si me pides la bendición, me pondré de rodillas
   pidiéndote perdón. Viviremos así,

y rezando, cantando, narrando leyendas,
riéndonos de los lindos palaciegos, oyendo
a pobrecillos hablar de la corte;
y hablando con ellos de quién pierde
y quién gana, quién medra y quién cae;
fingiendo entender los misterios de las cosas,
cual si fuésemos espías de los dioses [53];
y, encerrados en la cárcel, sobreviviremos
a los bandos y facciones de los grandes
que suben y bajan cual mareas bajo la luna.

EDMOND

Lleváoslos.

LEAR

Sobre tales sacrificios, mi Cordelia,
los propios dioses echan incienso. ¿Ya te tengo?
Quien quiera separarnos, que traiga una antorcha
del cielo y nos ahuyente como a zorras.
Sécate los ojos. Antes que nos hagan llorar,
los demonios las devorarán, con carne y piel.
Antes morirán de hambre. Vamos.

Salen [*todos menos* EDMOND *y el* CAPITÁN].

EDMOND

Ven aquí, capitán. Escucha.
Toma esta nota. Síguelos hasta la cárcel.
Te he procurado un ascenso; si cumples
estas instrucciones, harás tu entrada
en la nobleza. Sabe que los hombres
son según el mundo: la ternura
no cuadra a un soldado. Este gran encargo
no admite discusión: o lo haces
o tendrás que medrar por otros medios.

---

[53]   Véase nota complementaria en el Apéndice, pág. 201.

CAPITÁN
   Lo hago, señor.
EDMOND
   Pues a ello, y piensa en tu fortuna
   cuando esté hecho. Fíjate: digo «en el acto»;
   y cúmplelo como te lo he escrito *.

               Sale el CAPITÁN.
               Clarines. Entran ALBANY, GONERIL, REGAN *y*
               soldados.

ALBANY
   Señor, hoy habéis mostrado vuestro arrojo
   y la fortuna os ha guiado. Tenéis cautivos
   a quienes han sido nuestros adversarios.
   Requiero su entrega, para proceder
   según decidan con justicia
   su valer y nuestra seguridad.
EDMOND
   Señor, juzgué oportuno
   poner al rey anciano y desdichado
   bajo cierta custodia y vigilancia.
   Su vejez y más su título pudieran
   seducir y atraer a las gentes a su lado
   y volver las lanzas reclutadas
   contra los ojos que las mandan. Con él
   envié a la reina, por idéntica razón.
   Desde mañana podrán comparecer
   donde celebréis el proceso *.
ALBANY
   Si me lo permitís, señor,
   os tengo por vasallo en esta guerra,
   no por hermano.
REGAN
   Será como yo quiera situarle.
   Creo que antes de haber dicho todo eso,

había que consultarme. Él mandó mis tropas,
representó mi rango y mi persona.
Con tal poder bien podría reclamar
el título de hermano.

GONERIL

Más despacio. Él supera por sí mismo
todos tus honores.

REGAN

Investido con mis derechos,
él iguala al mejor.

ALBANY

Sobre todo si fuera tu marido.

REGAN

Muchas bromas resultan profecías.

GONERIL

Vaya, vaya. El ojo que te lo ha dicho
está bizco de los celos.

REGAN

Señora, no me siento bien. Si no, descargaría
mi furia en la respuesta.— General,
toma mis soldados, mis cautivos y mi hacienda.
Dispón de ellos y de mí. La conquista es tuya.
El mundo es testigo de que te he nombrado
mi dueño y señor.

GONERIL

¿Te propones gozarlo?

ALBANY

No está en tu mano prohibirlo.

EDMOND

Ni en la vuestra, señor.

ALBANY

Pues sí, mozo bastardo.

REGAN

Redoblen los tambores y demuestren
que mi título es tuyo.

ALBANY

Esperad. Escuchadme. Edmond, te detengo
por alta traición y, contigo, acuso
a esta falsa serpiente.— Respecto a tu propósito,
bella hermana, lo impugno en beneficio de mi esposa.
Es ella la que está prometida a este hombre,
y yo, su esposo, me opongo a tu proclama.
Si quieres casarte, cortéjame a mí;
mi esposa está apalabrada.

GONERIL

¡Qué comedia!

ALBANY

Estás armado, Gloster. Suene la trompeta.
Si nadie acude a probar contra ti
tus infames, palmarias y múltiples traiciones,
ahí va mi reto.

[*Arroja el guante.*]

Nada he de comer hasta que pruebe
sobre tu corazón que en nada eres menos
de lo que te he imputado.

REGAN

Estoy mal, muy mal.

GONERIL [*aparte*]

Si no, ya nunca confiaré en venenos.

EDMOND [*arrojando su guante*]

Ahí va mi respuesta. Quienquiera que sea
el que me llama traidor, miente con vileza.
Suene la trompeta. Quien se atreva, que se acerque:
contra él, contra vos, contra quien sea,
demostraré mi honor y rectitud.

ALBANY

¡Aquí un heraldo!—
Confía en tu valor personal, pues tus soldados,

reclutados en mi nombre, en mi nombre
han sido licenciados.

REGAN
La dolencia me domina.

ALBANY
Está enferma. Llevadla a mi tienda.

> [*Sale* REGAN, *apoyada en uno o dos.*]
> *Entra un* HERALDO.

Ven aquí, heraldo. Que suene la trompeta
y lee esto.

> *Suena una trompeta.*

HERALDO [*lee*]
«Si algún hombre de calidad o rango en el ejército quiere
probar contra Edmond, presunto Conde de Gloster, que es
un traidor consumado, que comparezca al tercer toque de
trompeta. Está dispuesto a defenderse».

> *Primer toque.*

¡Otra vez!

> *Segundo toque.*

¡Otra vez!

> *Tercer toque.*
> *Responde dentro una trompeta. Entra* EDGAR,
> *en armas.*

ALBANY
Pregúntale qué quiere y por qué
comparece al toque de trompeta.

HERALDO
    ¿Quién sois? Decid vuestro nombre y rango,
    y la razón de que acudáis a esta llamada.
EDGAR
    Sabed que mi nombre se perdió,
    roído y comido por dientes traicioneros.
    Mas soy tan noble como el adversario
    con quien vengo a combatir.
ALBANY
    ¿Quién es ese adversario?
EDGAR
    ¿Quién representa a Edmond, Conde de Gloster?
EDMOND
    Él mismo. ¿Qué tienes que decirle?
EDGAR
    Desenvaina y, si mi boca
    ofende a tu nobleza, que tu espada
    te haga justicia. Aquí está la mía:
    privilegio de mi honor, juramento
    y fe de caballero. Yo afirmo,
    pese a tu poder, posición, juventud y gloria,
    no obstante tus laureles y flamante fortuna,
    tu valor y tu denuedo, que eres un traidor,
    falso con tus dioses, tu hermano y tu padre,
    conspirador contra este ilustre y noble príncipe,
    y que, del extremo superior de tu cabeza
    a tus plantas y al polvo debajo de tus pies,
    eres un infecto sapo traidor. Niégalo,
    y esta espada, este brazo y mi ánimo mejor
    están prestos a probar contra tu pecho,
    al que le hablo, que has mentido.
EDMOND
    Por prudencia debiera preguntar tu nombre,
    mas, como tu presencia es tan gallarda y marcial
    y tus palabras arguyen crianza,
    desdeño toda dilación por miramientos
    o por formalidades de la caballería.

Te devuelvo tus cargos a la cara;
que, con tu odiosa mentira, te atormenten.
Y, aunque ahora pasan a tu lado sin herirte,
esta espada va a abrirles el camino
que les dé descanso eterno.— ¡Hablad, trompetas!

Toques de trompeta. Luchan.
[EDMOND *es vencido.*]

ALBANY
　¡No le mates, no le mates![54].
GONERIL
　Esto es una intriga, Gloster.
　Según el código de armas, no tenías
　por qué luchar con un desconocido.
　No estás vencido, sino burlado y engañado.
ALBANY
　Cierra esa boca, señora,
　o te la taparé con esta carta.— ¡Alto, señor![55]—
　Tú, peor que todo insulto, lee tu maldad.
　¡Sin romper, señora! Ya veo que la conoces.
GONERIL
　Aunque así fuera: las leyes son mías, no tuyas.
　¿Quién va a denunciarme?
ALBANY
　¡Qué monstruo!—
　¿Conoces esta carta?
EDMOND
　No me preguntéis lo que sé[56].

Sale [GONERIL].

---

　[54]　Algunos editores atribuyen este verso a Goneril. Pero Albany quiere a
Edmond vivo, seguramente para que haga una confesión pública y sea juz-
gado: antes del duelo ya le había arrestado por traidor.
　[55]　Dirigido probablemente a Edgar para que no mate a Edmond.
　[56]　Véase nota complementaria en el Apéndice, págs. 201-202.

ALBANY

Seguidla. Está fuera de sí. Dominadla.

EDMOND

De lo que me acusáis soy culpable,
y de más, mucho más; el tiempo lo revelará.
Todo terminó, y yo también.— Mas, ¿quién eres tú,
que has triunfado sobre mí? Si eres noble,
te perdono.

EDGAR

Sea recíproco el perdón.
Tan noble soy de sangre como tú, Edmond;
si más, tanto más me has agraviado.
Soy Edgar, hijo de tu padre.
Los dioses son justos y el placer de nuestros vicios
lo vuelven instrumento de castigo:
el lugar sombrío y vicioso donde te engendró
le ha costado los ojos.

EDMOND

Dices bien. Es cierto.
La rueda ha dado la vuelta, y aquí estoy.

ALBANY

Me pareció que tu porte denotaba
nobleza regia. Deja que te abrace.
Que la pena me parta el corazón
si yo jamás odié a ti o a tu padre.

EDGAR

Lo sé, noble príncipe.

ALBANY

¿Dónde te ocultabas? ¿Cómo has sabido
las miserias de tu padre?

EDGAR

Cuidándolas, señor. Oíd mi breve historia
y que, contada, me estalle el corazón.
El huir de la orden despiadada
que tan de cerca me seguía (¡ah, seducción

de nuestra vida, que nos hace preferir
el dolor de la muerte de hora en hora
a la muerte de una vez!) me dio la idea
de cubrirme con harapos de lunático
y asumir una apariencia que hasta un perro
despreciaba. Así vestido, hallé a mi padre
con las órbitas sangrando y vacías
de sus gemas; fui su guía, le acompañé,
por él mendigué, le salvé de la desesperanza,
y no me di a conocer (¡ah, error!)
hasta hace media hora, cuando, en armas,
y, aunque esperanzado, incierto de mi éxito,
le pedí la bendición y le conté
desde el principio todo mi peregrinaje.
Mas su herido corazón, incapaz
de sufrir tanta tensión entre extremos
de dicha y de dolor, estalló sonriente.

EDMOND

Tus palabras me han emocionado
y tal vez puedan hacer bien. Mas prosigue:
parece que quisieras decir más.

ALBANY

Si es más doloroso, guárdatelo,
que yo estoy a punto de llorar
con lo que he oído *.

> *Entra un* CABALLERO *con un cuchillo ensan-
> grentado.*

CABALLERO

¡Socorro, socorro!

EDGAR

¿Qué socorro?

ALBANY

Vamos, habla.

EDGAR

    ¿Qué significa este cuchillo ensangrentado?

CABALLERO

    Está caliente, humea. Estaba

    en el pecho de... ¡Ah, está muerta!

ALBANY

    ¿Muerta quién? ¡Vamos, habla!

CABALLERO

    Vuestra esposa, señor, vuestra esposa;

    y envenenó a su hermana. Lo ha confesado.

EDMOND

    Estaba prometido con las dos.

    Los tres nos casaremos en seguida.

EDGAR

    Aquí llega Kent.

Entra KENT.

ALBANY

    Traed aquí los cuerpos, estén o no con vida.—

    Este juicio de los cielos, aunque me hace temblar,

    no me conmueve.— ¡Ah! ¿Es él?

    La ocasión no permite ceremonias

    que dicta la cortesía.

KENT

    Vengo a dar al rey mi señor

    un adiós eterno. ¿No está aquí?

ALBANY

    ¡Ah, grave olvido!— Habla, Edmond.

    ¿Dónde está el rey? ¿Y dónde Cordelia?—

Traen los cadáveres de GONERIL *y* REGAN.

    ¿Veis qué escena, Kent?

KENT

    Angustiosa. ¿Por qué?

EDMOND

Pero Edmond fue querido[57]. La una
envenenó a la otra por mi causa
y luego se mató.

ALBANY

Cierto.— Cubridles la cara.

EDMOND

Estoy agonizando. Quiero hacer el bien,
pese a mi naturaleza. Mandad a alguien
al castillo, de prisa. Di orden de matar
a Lear y a Cordelia. ¡Llegad a tiempo!

ALBANY

¡Corred, ah, corred!

EDGAR

¿A quién diste la orden? ¿Quién la tiene?
Manda señal de contraorden.

EDMOND

Bien pensado. Toma mi espada. Al capitán,
dádsela al capitán.

EDGAR

¡De prisa, por tu vida!

[*Sale el* CABALLERO.]

EDMOND

Vuestra esposa y yo le dimos orden
de ahorcar a Cordelia en la cárcel,
achacándolo a su desesperanza
y diciendo que se suicidó.

ALBANY

Los dioses la protejan.— Sacadle de aquí.

---

[57] Según Muir (véase su edición, pág. 201), es un rasgo brillante revelar
en este punto que la carrera criminal de Edmond la había motivado el hecho
de no sentirse querido.

[*Sacan a* EDMOND.]
Entran LEAR *llevando a* CORDELIA *en brazos* [*y el* CABALLERO].

LEAR

¡Aullad, aullad, aullad! ¡Ah, sois todos de piedra!
Si tuviese vuestra lengua y vuestros ojos,
estallaría la bóveda del cielo. Nos ha dejado.
Sé cuándo alguien ha muerto y cuándo vive,
y ella está más muerta que la tierra.
Dadme un espejo. Si lo empaña
o lo mancha con su aliento, es que vive.

KENT

¿Es este el fin anunciado?

EDGAR

¿O un cuadro de ese horror?

ALBANY

¡Húndase y acabe!

LEAR

Se mueve esta pluma. ¡Vive! Si es cierto,
es un azar que redime todos los pesares
que jamás haya sentido.

KENT

¡Mi buen señor!

LEAR

Aparta.

EDGAR

Es el noble Kent, vuestro amigo.

LEAR

¡La peste os lleve a todos, asesinos, traidores!
La podía haber salvado. Ahora se ha ido
para siempre.— Cordelia, Cordelia, quédate. ¿Eh?
¿Qué dices?— Tenía una voz suave,
dulce y gentil: algo admirable en la mujer.—
Yo maté al infame que te ahorcaba.

CABALLERO

Es cierto, señor: lo mató.

LEAR

¿Verdad, amigo? En mis buenos tiempos
mi fiel sable le habría hecho saltar. Ahora
la vejez y el sufrimiento me han mermado.—
¿Quién sois? Me falla la vista. Yo os lo diré.

KENT

Si la fortuna presume de dos
a los que amó y odió, aquí está uno de ellos.

LEAR

Lo veo todo borroso. ¿No sois Kent?

KENT

Sí, vuestro vasallo Kent. ¿Y vuestro siervo Cayo?

LEAR

¡Ah, buen muchacho, vaya que sí!
Sabe pegar y rápido. Está muerto y podrido.

KENT

No, mi señor. Soy yo quien...

LEAR

Después me ocupo de eso.

KENT

... os ha seguido en el dolor
desde vuestra caída.

LEAR

Sed bienvenido.

KENT

Nadie lo es. Todo es tristeza, sombras, muerte.
Vuestras hijas mayores se han aniquilado
y han muerto en la desesperanza.

LEAR

Sí, eso creo.

ALBANY

No sabe lo que dice y es inútil
dirigirse a él.

EDGAR
   Sería en vano.

   Entra un MENSAJERO.

MENSAJERO
   Señor, Edmond ha muerto.
ALBANY
   Poco importa ahora.— Señores
   y nobles amigos, conoced mi propósito.
   Daré todo el consuelo necesario
   a esta gran ruina. En cuanto a mí,
   mientras viva Su anciana Majestad,
   le entrego todos mis poderes.
   [*A* EDGAR *y* KENT] A vosotros dos, vuestros derechos,
   con los títulos a que vuestra nobleza
   os ha hecho acreedores. Los amigos probarán
   el premio a su virtud, y los enemigos,
   el cáliz de sus culpas. ¡Ah, mirad, mirad!
LEAR
   Y mi pobrecilla, ahorcada. ¿No, no, no tiene vida?
   ¿Por qué ha de vivir un perro, un caballo, una rata
   y en ti no hay aliento?— Tú ya no volverás;
   nunca, nunca, nunca, nunca, nunca.—
   Desabrochad este botón. Gracias.
   ¿Veis esto? ¡Miradla! ¡Mirad, los labios!
   ¡Mirad, mirad!

   Muere.

EDGAR
   Se ha desmayado. ¡Señor, señor!
KENT
   Estalla, corazón, estalla.
EDGAR
   Animaos, señor.

KENT

No le turbéis el alma. Dejad que se vaya.
No perdonará al que siga estirándole
en el tormento de un mundo tan cruel.

EDGAR

Ha muerto, sí.

KENT

Asombra lo que ha resistido.
Usurpó su propia vida.

ALBANY

Lleváoslos. Nuestro objeto es el luto general.—
Gobernad ambos, mis buenos amigos,
y sostened el reino malherido.

KENT

Mi señor, yo tengo que emprender un viaje:
me llama mi amo y no debo negarme.

EDGAR

Me toca llevar este grave peso;
decir lo que siento, y no lo que debo.
Los más viejos fueron los que más penaron;
jamás podrá el joven vivir ni ver tanto.

Salen con una marcha fúnebre.

APÉNDICE

TEXTO EXCLUSIVO DE Q [1]

A continuación de las palabras del texto traducido citadas entre comillas, la primera edición en cuarto (Q) contiene el texto siguiente:

«como mis hermanas». *(pág. 51):*
para amar sólo a mi padre.

«un monstruo así». *(pág. 63):*
EDMOND
    Ni lo es, seguro.
GLOSTER
    ... con el padre que le quiere tanto y tan de veras. ¡Cielos y tierra!

«se cumplen fatalmente». *(pág. 65):*
Desamor entre hijos y padres, muerte, penuria, ruptura de amistades arraigadas, división en el Estado, amenazas y maldiciones contra el rey y los nobles, sospechas infundadas, destierro de amigos, disolución de tropas, infidelidad matrimonial y qué sé yo.

---

[1] Véase al respecto Nota preliminar, pág. 39.

EDGAR
   ¿Desde cuándo estudias astrología?
EDMOND
   Vamos, vamos.

«conmigo está de acuerdo». *(pág. 67):*
   en no dejarse dominar. ¡Torpe anciano,
   empeñado en ejercer la autoridad
   que ya entregó! Por mi vida, que los viejos
   vuelven a ser niños y, si se engañan,
   en vez de halagarlos, hay que reprenderles.

«Díselo a tus compañeros». *(pág. 67):*
   Quiero crear situaciones que me hagan hablar,
   y hablaré.

«No, joven. Dímela». *(pág. 73):*
BUFÓN
                     Quien te haya aconsejado
                     regalar tu propiedad,
                     que se coloque a mi lado
                     y tú ocupa su lugar.
                     Bobo amargo y bobo dulce
                     al punto aparecerán:
                     el uno, coloreado,
                     y el otro, donde tú estás.
LEAR
   ¿Me llamas bobo, muchacho?
BUFÓN
   Los demás títulos los has regalado; este es de nacimiento.
KENT
   Señor, este no es bobo del todo.

BUFÓN
Claro que no: los señores y la gente principal no me dejan.
Si yo tuviese el monopolio, ellos querrían su parte. Y las se-
ñoras también: no me dejan ser bobo en exclusiva; todas
quieren meter la mano.

«La sombra de Lear». *(pág. 76):*
LEAR
Quiero saberlo, pues las señales de realeza, el conocimiento
y la razón me harían creer erróneamente que tengo hijas.
BUFÓN
Que harán de ti un padre obediente.

«No lo hagáis». *(pág. 95):*
Su falta es grave, y el buen rey, su señor,
le reprenderá. Castigo tan humillante
se reserva para esos ruines y abyectos
que cometen raterías y delitos menores.

«atacan a su mayordomo». *(pág. 95):*
por cumplir sus encargos.— Metedle las piernas.

«Que sí». *(pág. 98):*
LEAR
No, no; no lo harían.
KENT
Sí, lo han hecho.

«se altere o destruya». *(pág. 111):*
Se mesa las canas,
que las ráfagas violentas, ciegas de ira,

alcanzan en su furia y tratan sin respeto;
se afana con su endeble cuerpo humano
en imponerse a la contienda del viento y la lluvia.
Esta noche, en que la osa sin leche y hambrienta
se cobija, y el león y el lobo famélico
no mojan su piel, él corre a cabeza descubierta
jugándoselo todo.

«todo esto es sólo síntoma». *(pág. 112):*
El caso es que de Francia ha entrado
en nuestro reino desunido un ejército
que, conociendo nuestra negligencia,
ha tomado secreta posición en algunos
de nuestros puertos mejores y está
listo para enarbolar bandera. En cuanto a vos,
si me dais crédito hasta el punto de salir
a toda prisa para Dover, encontraréis
quien agradecerá vuestro relato
del dolor tan inhumano y enloquecedor
que está sufriendo el rey.
Soy caballero de cuna y crianza
y, sabiendo que mi fuente es fidedigna,
os ofrezco este servicio.

«aullando sobre ellas». *(pág. 127):*
EDGAR
El Maligno me muerde la espalda.
BUFÓN
Loco el que se fía de la dulzura de un lobo, la salud de un caballo[2], el amor de un muchacho o el juramento de una puta.

---

[2]   Seguramente se refiere a la salud del caballo desde el punto de vista del vendedor, del que no hay que fiarse.

LEAR

Hay que hacerlo. Voy a denunciarlas ahora mismo.

[*A* EDGAR] Tú siéntate aquí, doctísimo juez.

[*Al* BUFÓN] Y tú, sabio señor, aquí.—

Vosotras, serpientes...

EDGAR

¡Mírale qué ojos de rabia! [3]—Señora, ¿deseáis espectadores en el juicio?

[*Canta*] Cruza el río, Bessy, ven.

BUFÓN [*canta*]

> No irá, pues su barca
> tiene una raja,
> y no dice por qué no te ve [4].

EDGAR

El Maligno asedia al pobre Tom con voz de ruiseñor. En el vientre de Tom grita Saltibaila pidiendo dos arenques frescos. No graznes, ángel negro: para ti no hay comida.

KENT

¿Estáis bien, señor? No os quedéis absorto.

¿Queréis acostaros en los almohadones?

LEAR

Antes quiero ver el juicio. Traed los testigos.

[*A* EDGAR] Tú, juez togado, a tu puesto.

[*Al* BUFÓN] Y tú, su compañero forense,

siéntate a su lado. [*A* KENT] Tú también

estás en el tribunal; siéntate.

EDGAR

Obremos con rectitud.

> ¿Duermes o velas, alegre pastor?
> El rebaño se te ha ido al trigal;
> mas si tú soplas bien fuerte una vez,
> tus ovejas no lo pagarán.

Ron-ron, es un gato gris.

---

[3]   Tal vez Edgar no se refiera a Lear, sino a alguno de sus demonios imaginarios.

[4]   Véanse nota y partitura en pág. 205.

LEAR

Procesad primero a esta. Es Goneril. Ante este honorable
tribunal juro que trató a patadas al pobre rey, su padre.

BUFÓN

Venid, señora. ¿Os llamáis Goneril?

LEAR

No puede negarlo.

BUFÓN

Disculpad. Os tomé por un mueble.

LEAR

Y aquí hay otra, cuyos ojos depravados
muestran la materia de su corazón.
¡Detenedla! ¡Armas, armas, espadas, fuego!
¡Corrupción judicial! Falso juez,
¿por qué la has dejado escapar?

«que os procure provisiones». *(pág. 129):*

KENT

Ya duerme su turbada humanidad.
El reposo puede haber dado alivio
a tus nervios destrozados, que mal
pueden sanar si no reciben atención.
[*Al* BUFÓN] Vamos, ayúdame a llevar a tu amo.
No te quedes atrás.

GLOSTER

«Salen». *(pág. 129):*

EDGAR

Viendo a otros más grandes sufrir nuestras penas
casi no pensamos en nuestras miserias.
Más sufre en el alma quien sufre por sí,
pues deja de estar alegre y feliz.
Sin embargo, el alma su dolor alivia
cuando en su pesar halla compañía.

Ahora mi dolor se hace soportable:
si a mí me castiga, al rey le abate.
Yo con padre y él con hijas. ¡Tom, en marcha!
Oye lo que suene y arroja la máscara
cuando el vil infundio que de ti maldice
demuestre ser falso y te rehabilite.
Pase lo que pase, que el rey llegue a salvo.
Y tú, ocúltate.

Sale.

«Salen». *(pág. 134):*
CRIADO 2.º
Si triunfa este hombre, no me importará
cometer ningún horror.
CRIADO 3.º
Y si ella vive mucho y muere
de muerte natural, todas las mujeres
se volverán unos monstruos.
CRIADO 2.º
Sigamos al conde y que el loco
le guíe hasta donde vaya. Su demencia
le permite hacer de todo.
CRIADO 3.º
Ve tú. Yo voy por lino y claras de huevo
para su cara ensangrentada. ¡El cielo le asista!

Salen.

«hijo de bien!». *(pág. 137):*
Cinco demonios juntos se han metido en el pobre Tom: el
de la lujuria, Obdicut; Hobididanz, príncipe del silencio;
Mahu, del robo; Modo, del crimen; Flibertigibet, de las
muecas y visajes, que tiene poseídas a camareras y damas
de compañía. ¡Los dioses te lo pagarán, amo!

«te sopla a la cara». *(pág. 139):*

    Temo tu carácter. La naturaleza
que desprecia su origen no es capaz
de sujetarse; la que se arranca y desgaja
de la savia que la nutre, por fuerza
se marchita y sólo sirve para el fuego.

GONERIL

    No sigas. El sermón es absurdo.

ALBANY

    Viles son para el vil bondad y prudencia;
el sucio sólo huele suciedad. ¿Qué habéis hecho,
fieras, que no hijas? ¿Qué pretendíais?
A vuestro padre, un anciano venerable,
que hasta un oso en cautiverio lamería
con respeto, vosotras, bárbaras degeneradas,
le habéis enloquecido. ¿Cómo pudo
consentirlo mi cuñado, un hombre,
un príncipe, por él favorecido?
Si los cielos no envían pronto a sus espíritus
en forma visible para vengar este ultraje,
sucederá que los hombres se devorarán
como monstruos de los mares.

«entre tu honra y tu infamia». *(pág. 140):*

                 Que no sabes
que sólo los idiotas se apiadan de los viles
que son castigados antes de sus culpas.
¿Y tus tambores? El Rey de Francia despliega
su estandarte en nuestra tierra silenciosa
y su casco emplumado amenaza tu poder,
mientras tú, bobo moralista, te quedas sentado
y exclamas: «¡Ay! ¿Por qué lo hará?».

«¡Ah, pobre imbécil!». *(pág. 140):*
ALBANY
   ¡Avergüénzate, criatura disfrazada,
   y no vuelvas monstruosa tu figura!
   Si fuera digno de mis manos someterse
   a la pasión, te dislocarían los huesos
   y desgarrarían la carne. Por demonio que seas,
   te protege tu forma de mujer.
GONERIL
   ¡Tú y tu hombría! ¡Bah!

Entra un CABALLERO.

ALBANY
   ¿Alguna novedad?

«Salen». *(pág. 141):*
     Entran KENT *y un* CABALLERO [5].

KENT
   ¿Sabéis por qué el Rey de Francia se ha vuelto tan de prisa?
CABALLERO
   Por un asunto de gobierno que dejó sin concluir, en el que
   pensaba desde que llegó, y de consecuencias tan peligrosas
   y temibles para el reino que hicieron necesario su regreso.
KENT
   ¿En qué general ha delegado?
CABALLERO
   En el mariscal de Francia, *monsieur* La Far.
KENT
   Ante vuestra carta, ¿la reina ha dado muestras de dolor?

---

[5]   Recuérdese que, tal como se dijo en la Nota preliminar (véase «El problema textual», pág. 39) este pasaje es una escena completa omitida en F. En las ediciones modernas que combinan Q y F, esta es la tercera escena del acto cuarto.

CABALLERO

Sí, señor. Se la entregué y la leyó en mi presencia,
y más de una vez le cayó una gruesa lágrima
por su tierna mejilla. Parecía ser la reina
de unas emociones que, cual rebeldes,
pretendían ser su rey.

KENT

Así que la conmovió.

CABALLERO

Sin enfurecerla: paciencia y dolor pugnaban
por mostrarla más hermosa. Habéis visto juntos
el sol y la lluvia; sus sonrisas y lágrimas
lucían aún más; la sonrisa radiante
que jugaba en su labio encarnado
parecía ignorante de los huéspedes
que salían de sus ojos como perlas de diamantes.
En fin, el dolor sería una joya excepcional
si adornase igual a todas.

KENT

¿No dijo nada?

CABALLERO

Sí, una o dos veces con voz entrecortada
dijo «padre», como si la oprimiese el corazón.
Gritó: «¡Hermanas, hermanas! ¡Vergüenza de mujeres!
¡Hermanas! ¡Kent! ¡Padre! ¡Hermanas!
¿De noche en la tormenta? ¡Que ya nadie crea
en la compasión!». Entonces brotaron
lágrimas santas de sus ojos divinos
ahogando sus lamentos. Y salió presurosa
para quedarse sola con su pena.

KENT

Las estrellas, son las estrellas del cielo
las que rigen nuestro ser. Si no,
los mismos padres no podrían engendrar
hijos tan distintos. ¿Después no le hablasteis?

CABALLERO
   No.

KENT
   ¿Esto fue antes de volver a Francia el rey?

CABALLERO
   No, después.

KENT
   Señor, el pobre y angustiado Lear
   está en la ciudad; en sus momentos más lúcidos
   recuerda a qué hemos venido y en modo alguno
   consiente en ver a su hija.

CABALLERO
   ¿Por qué, señor?

KENT
   Le retrae una vergüenza ingobernable;
   su crueldad, que la dejó sin bendición,
   la expuso a riesgos de tierras extrañas,
   regaló sus derechos a sus hijas feroces...
   Todo esto le envenena tanto el ánimo
   que la ardiente vergüenza le aparta de Cordelia.

CABALLERO
   ¡Pobre señor!

KENT
   ¿No sabéis de las tropas de Albany y Cornwall?

CABALLERO
   Sí. Ya están en marcha.

KENT
   Señor, os llevaré con nuestro amo Lear;
   quedaos a cuidarle. Un motivo importante
   me obliga a mantenerme en el misterio.
   Cuando me dé a conocer, no lamentaréis
   que nos hayamos tratado. Os lo ruego,
   venid conmigo.

   Salen.

«regar un jardín con tanto llanto». *(pág. 153):*
sí, y rociar el polvo del otoño.
CABALLERO
Señor...
LEAR

«devota amada». *(pág. 157):*
y por ti suya en peligro,

«Seguro que se habrá calmado». *(pág. 158):*
CORDELIA
Muy bien.
DOCTOR
Acercaos.— ¡Más fuerte esa música! [6].

«esta cara los vientos hostiles?». *(pág. 161):*
¿Arrostrar el trueno profundo y cargado de rayos,
expuesto al destello imponente
del raudo relámpago? ¿Velar, pobre centinela,
con tal débil casco?

«ya se ha apagado». *(pág. 161):*
                              Pero es peligroso
reavivar su memoria del tiempo pasado.

«*Salen*». *(pág. 161):*
CABALLERO
¿Es cierto, señor, que al Duque
de Cornwall le mataron de ese modo?

---

[6]   En varias obras de Shakespeare la presencia de la música forma parte,
como aquí, de una curación mental o sugiere el poder curativo de la naturaleza.

KENT

Muy cierto, señor.

CABALLERO

¿Quién está al mando de su gente?

KENT

Dicen que el hijo bastardo de Gloster.

CABALLERO

Pues dicen que Edgar, el hijo desterrado,
está con el Conde de Kent en Alemania.

KENT

Las noticias varían. Es hora
de prepararse. Las tropas del reino
se acercan por momentos.

CABALLERO

Es probable que la lucha
sea encarnizada. Adiós, señor.

Sale.

KENT

Según la batalla, para bien o mal,
se habrá decidido mi punto final.

Sale.

«de mi cuñado al lugar prohibido?». *(pág. 161):*

EDMOND

Esa idea os engaña.

REGAN

Me temo que los dos habéis estado
muy juntos y unidos, llevándolo al final.

«GONERIL y soldados». *(pág. 162):*

GONERIL

Antes perder la batalla que dejar
que mi hermana nos desate a él y a mí.

«ha obligado a sublevarse». *(pág. 162):*
         Jamás fui valiente
si no pude ser honrado. En cuanto a esto,
respondo porque Francia nos invade,
no por su apoyo al rey y a los demás,
que nos combaten por causas graves y justas.
EDMOND
Señor, habláis con nobleza.

«con los soldados más expertos». *(pág. 162):*
EDMOND
Después me reúno con vos en vuestra tienda.

«y cúmplelo como te lo he escrito». *(pág. 167):*
CAPITÁN
No sé tirar de un carro, ni comer forraje;
si es tarea de hombre, lo hago.

«donde celebréis el proceso». *(pág. 167):*
Ahora nos baña la sangre y el sudor,
el amigo ha perdido a su amigo,
y por vehemencia las mejores causas
las pervierte quien sufre su rigor.
El caso de Cordelia y de su padre
requiere lugar más apropiado.

«con lo que he oído». *(pág. 174):*
EDGAR
A quien no ama el dolor, esto le habría
parecido el límite; otro más
haría que lo mucho fuese demasiado
y desbordase todo extremo.

Lloraba yo mi pena, cuando se me acercó
alguien que había visto mi penuria
y evitaba mi infecta compañía,
pero que, conociendo a quien tanto soportaba,
me abrazó con sus brazos poderosos,
y gritó cual si fuese a desgarrar el cielo;
se echó sobre mi padre y me contó
la más triste historia de Lear y de sí
que jamás se ha oído. El relato
le aumentó la congoja, y las fibras de su ser
empezaron a romperse. Sonó entonces
dos veces la trompeta, y allí tuve que dejarle
sin conocimiento.

ALBANY

Pero, ¿quién era?

EDGAR

Kent, señor, Kent el desterrado, que, envuelto
en su disfraz, siguió a su rey hostil
y le sirvió como no lo haría un esclavo.

NOTAS COMPLEMENTARIAS

26 *(pág. 106):*

En F se lee:

«No, rather I abiure all roofes, and chuse
To wage against the enmity oth'ayre,
To be a Comrade with the Wolfe, and Owle,
Necessities sharpe pinche».

El orden de los versos es el mismo en Q y la puntuación no
es significativamente distinta. Las ediciones modernas presentan el texto en este orden y entienden el último verso como
oposición del anterior. Pero, en el siglo XVIII, Theobald, seguido por Hanmer, transpuso estos versos de modo que el último fuese objeto directo de «wage». Esta solución, adoptada
recientemente por Wells y Taylor en su edición de las dos versiones de la obra, me parece acertada y mi traducción de estos
versos se ha basado en ella.

44 *(pag. 135):*
En Q se lee «poorlie, leed», de donde seguramente procede
la lectura de F «poorely led» (lit. «pobremente llevado»). Pero
en las ediciones del Q corregido se lee «parti-eyd» (moderni-
zado, «parti-eyed»). Esta lectura fue defendida por Davenport
y recientemente ha sido adoptada por Hunter y por Wells y

Taylor. Hunter (pág. 267) explica, creo que convincemente, que la lectura de F tiene escaso sentido, que «parti-eyed» tiene que ser el segundo intento del impresor por leer el manuscrito de Shakespeare y que, por tanto, es lo más próximo a lo que este escribió en su manuscrito. El sentido general de esta lectura sería el de «parti-coloured», es decir, abigarrado o arlequinado, como resultado de haberse mezclado el rojo de la sangre con la clara de huevo que le aplicaron (según el pasaje de Q omitido en F: véase pág. 189), aunque también puede entenderse menos literalmente, sin referencia específica a colores, como he hecho en mi traducción. La elección de «parti-eyed» se basa especialmente en la idea de que lo primero que a Edgar le llamaría la atención serían los ojos de su padre, no la condición social de su guía.

47 (pág. 148):

Las anteriores escenas de locura e incoherencia, así como este episodio del «acantilado de Dover» han llevado a algunos críticos a cifrar el sentido de la obra en lo grotesco (G. Wilson Knight) o en lo absurdo (Jan Kott), especialmente por su semejanza con el teatro de Beckett. Precisamente, el suicidio frustrado de Gloster es uno de los pasajes en que ambos más se apoyan en defensa de sus tesis. Para Kott la escena es pura pantomima y para Knight, una mezcla de lo grotescto y lo ridículo (si bien este crítico admite la audacia poética de la escena y su «efecto mágico»): Gloster se ha preparado un final espectacular y sus palabras nos han predispuesto para un sacrificio trágico, y lo que ocurre es que, en vez de una caída vertiginosa, Gloster cae boca abajo sobre las tablas. Pero, ¿para qué tipo de teatro se escribió la escena? Sencillamente, para un teatro de actor y palabra, sin decorado y pobre en recursos escénicos, en el que la localización se realizaba mediante una descripción evocadora, como la que Edgar ofrece desde el supuesto acantilado. Pero, como ha mostrado Leggatt (1988), lo que Shakespeare ha hecho es invertir la convención. En vez de una ilusión convencional, lo que hay es un verdadero engaño:

Gloster y Edgar no están en lo alto de una roca, sino en un teatro, y Shakespeare nos ha avisado al comienzo de la escena
haciendo que el ciego Gloster no oiga el mar y el terreno le
parezca llano. Por lo demás, lo que pudiera calificarse de absurdo o grotesco, por importante que sea, sería una parte deun
todo que no parece tener un tema unitario ni prestarse a una
interpretación única.

53 *(pág. 166):*
     Tanto en Q como en F se lee «Gods spies», que los editores
modernos suelen transcribir «God's spies», es decir «espías de
Dios». Pero en su «God's or gods in *King Lear*» *(Shakespeare
Quarterly,* IV, 1953, págs. 427-432), T.M. Parrott muestra que
Shakespeare también usa la mayúscula en «Gods» (dioses) y
recuerda que el uso del apóstrofo precendiendo a la «s» del
genitivo no empezó a usarse en el inglés escrito hasta la segunda mitad del siglo XVII. Asimismo, Parrott señala que Shakespeare suele omitir el artículo «the» delante de un sustan-
tivo que califica a otro, por lo que «Gods spies» puede leerse
como «the spies of God» (los espías de Dios) o «the spies of
the gods» (los espías de los dioses). Por último, Parrott estima
acertadamente que el contexto sugiere más bien esta segunda
lectura, que, además, está más en consonancia con el marco
pagano y las continuas referencias a los dioses en la obra.

56 *(pág. 172):*
     Algunos editores optan por la lectura de Q y atribuyen este
verso a Goneril. Pero la atribución de F a Edmond tiene, por
lo menos, tanto sentido como la de Q: si, como queda apun-
tado en la nota 54 (pág. 172), lo que Albany quiere es una confesión pública de Edmond, no es de extrañar que insista en
que Edgar no le mate y en preguntarle por la carta. Es cierto
que, como dice Muir en su edición (pág. 196), la carta en cues-
tión no se entregó a su destinatario, pero esto no lo sabe Albany y, en toco caso «No me preguntéis lo que sé» no hay por
qué entenderlo tan literalmente. Poco antes Albany ha acusado

a Edmond de entenderse con Goneril, ahora Edmond se ve descubierto, acorralado y vencido: «lo que sé» no es pues, el reconocimiento de una carta que no ha recibido, sino que puede y debe entenderse en el sentido amplio de «lo que no puedo negar». En cuanto a la salida de Goneril, indicada en F después de «¿Quién va a procesarme?», entiendo que tiene más sentido la localización de Q, que la coloca a continuación de «No me preguntéis lo que sé», pues su salida provoca las órdenes que Albany da inmediatamente.

CANCIONES

1.   «Then they for sudden joy did weep» (pág. 74)
[«El gozo las hizo gemir...»].

Esta melodía es realmente un canon infinito a tres voces y se conserva con notación manuscrita en un ejemplar impreso de *Pammelia* (1609), de Ravesnscroft. En la obra la melodía es cantada solamente por el bufón.

2.   «He that has and a little tiny wit» (pág. 115)
[«Quieen tiene poco juicio y sensatez...»].

La melodía aquí transcrita procede de *Popular Music of the Olden Time* (1859), de William Chappell, cuyo modelo fue la recogida por Joseph Vernon en *New Songs in the Pantomime of the Witches; the Celebrated Epilogue in the Comedy of Twelfth Night* (1772). Puede que sea un arreglo de una melodía tradicional. Como indica el título de Vernon, es la misma melodía que canta Feste al final de la comedia de Shakespeare *Twelfth Night* (Noche de Reyes).

dí___a   y o___tro   dí___a   llo___ve___rá

3.   «Come o'er the burn, Bessy, to me» (pág. 187)
[«Cruza el río, Bessy, ven»].

No se conserva la vieja balada de «Bessy», y la letra que cantan Edgar y el bufón es un variante de ella. La melodía procede de un arreglo para solo de laúd, conservado en la biblioteca de la Universidad de Cambridge (MS Dd. 2.11).

Cru___za el   rí___o,   Bes___sy ____ ven ____

____ No j___rá, pues su   bar___ca   tie___ne u_na   ra___ja y no

di ____ ce por   qué   no te   ve _____ .